봄비를 좋아하십니까

봄비를 좋아하십니까
사랑에 목마른 마음을
촉촉하게 적셔 주는 봄비가 내립니다

봄비를 좋아하십니까

봄날 온 땅에 내려
새싹을 눈 뜨게 하는 봄비를 좋아하십니까

100번째 시집

봄비를 좋아하십니까

100번째 시집 **봄비를 좋아하십니까**

초판 1쇄 인쇄 2025년 3월 11일
초판 1쇄 발행 2025년 3월 15일

지은이   용혜원
펴낸이   이춘원
펴낸곳   책이있는마을
기 획   강영길
편 집   이서정
디자인   Do'soo
마케팅   강영길

주 소   경기도 고양시 일산동구 무궁화로120번길 40-14 (정발산동)
전 화   (031) 911-8017
팩 스   (031) 911-8018
이메일   bookvillagekr@hanmail.net
등록일   1997년 12월 26일
등록번호   제10-1532호

ISBN 978-89-5639-360-5 (03810)

100번째 시집

봄비를 좋아하십니까

용혜원 지음

100번째 시집을 낼 수 있는 것은 하나님의 축복이다.
언제나 함께 해 주는 아내에게 감사하며 나의 시를 읽어 주는
독자들에게도 무한 감사한 마음을 보내고 싶다.

용혜원 시인과 아내 이수인 시인

시인의 말

이 세상에 태어나 시를 쓰며 시인으로 살아가는 것은 축복이다. 세상을 노래하고, 자연을 노래하고, 인생을 노래하는 시를 쓰는 시인으로 살아 있는 생명의 시를 쓰고 싶다. 시를 쓰기 위하여 날마다 살아서 움직이는 감성을 깨우고 고독에 깊이 빠져도 본다.

떠나가는 세월 속에 그저 잠잠히 있기에는 흘러가는 시간이 안타까워 내 속의 끼를 깨워 날마다 시를 쓰며 살아가고 싶다. 내 속에 있던 나의 감성이 살아나고 나의 끼가 살아나고 나의 영감이 살아나서 누구나 공감하는 살아 있는 언어로 시를 쓰고 서로 나누어 보고 읽고 듣고 감동하고 좋아했으면 한다.

시인은 평생 시의 길을 걸어간다. 시인의 길을 가다가 시를 만났다. 시인의 길을 가다가 시를 찾았다. 시인의 길을 가다가 시를 생각했다. 시인의 길을 가다가 시를 마음에 담았다. 시인의 길을 가다가 시를 썼다. 시를 세상에 내놓았다.

나의 시는 눈으로 보아도 좋고, 입으로 읽어도 좋고, 귀로 듣기도 좋고, 그림이 그려지고 리듬을 타는 시가 되었으면 한다. 한 편의 시가 누구에게나 감동을 주는 시를 쓰고 싶다. 내 속에 있는 모든 마음이 하나가 되어 생명력이 넘치는 시를 쓰고 싶다.

시인으로 산다는 것은 행복하고 기쁘고 즐거운 일이다.

날마다 시를 찾고 시를 보고 시를 듣고 시를 쓰면 산다는 것은 시인만이 느끼고 누리는 행복이며 축복이다.

시인의 고독은 고독대로, 그리움은 그리움대로, 외로움은 외로움대로 시 한 편이 된다. 시인의 삶 속에 찾아온 것 하나하나가 시가 된다.

눈에 보이는 것, 귀로 들리는 것, 마음을 움직이고 사로잡는 것, 기대하는 것, 기다리는 것, 사랑하는 것들이 한 편의 시가 된다. 사랑이 시가 되고 고통과 아픔이 시가 되고 역경과 시련과 만남과 이별이 시가 된다.

시인으로 살아가는 것은 고독과 아픔과 시련의 삶이다. 남들이 알지 못하는 것을 알고, 남들이 바라보지 못하는 것을 바라보고, 남들이 느끼지 못하는 것을 느끼며 시를 쓴다.

시인으로 살아간다는 것은 시가 주는 축복의 시간과 시를 쓸 수 있는 가장 좋은 기회를 누릴 수 있어 행복하다.

100번째 시집을 내는 동안 늘 동행해 준 독자들에게 감사를 드린다. 독자들 덕분에 시를 쓰는 힘과 용기를 얻었다. 독자들이 정말 고맙다.

용혜원 시인

차례

||||||
||||
||

봄비를 좋아하십니까

詩처럼 살자

떠나가고 흘러가면 다시는
돌아오지 않는 세월
미련만 남겨두고 안타까워하지 말고
詩처럼 살자

사랑을 노래하고 꿈을 노래하고
고통과 아픔을 노래하며
한순간 한순간 아쉬워만 하지 말고
행복하고 즐거워하며 詩처럼 살자

꽃 피듯 아름답게 열매 맺고 풍성하게
늘 언제나 기억해도 아름다운 추억으로
가슴에 남아 있도록 詩처럼 살자
불타는 열정으로 뜨거운 가슴으로
풍성한 마음으로 아름답게 남도록 詩처럼 살자

삶을 마음껏 노래할 수 있도록
삶을 언어로 그릴 수 있도록
삶을 언어로 조각할 수 있도록
삶을 詩 한 편으로 쓸 수 있는
詩人이 되어
한 편의 詩처럼 살자

시의 시작

어린 날 담벼락 낙서에서
삶이 힘들고 어려울 때
가슴 깊은 곳에서
터져 나오는 하소연에서
마음속 간절한 바람에서
어느 날 번득이는 상상에서
마음의 고백을 쓰다 보면
시가 시작된다

어느 날
카페에서 쓴 메모에서
집에서 쓴 일기장에서
책을 읽고 쓴 독후감에서
카톡이나 문자에서
마음의 빈칸에 써 놓은 글 중에서
시가 시작된다

이 세상 살아가며

이 세상 살아가며
너를 만남이 얼마나 놀라운 축복인가

홀로 가면 한없이 외롭고 쓸쓸한데
동행하는 이 있으니
이 얼마나 기분 좋고 기쁜 일인가

이 세상 살아가며
너를 만남이 얼마나 감사한가

홀로 가면
한없이 고독하고 적막할 텐데
늘 곁에서 같이 할 수 있으니
이 얼마나 행복한 일인가

나 때문에

나 때문에
누군가 희망을 지니게 되었다면
이 얼마나 행복한 일입니까

나 때문에
누군가 살아갈 용기를 얻었다면
이 얼마나 기뻐할 일입니까

나 때문에
누군가 실패를 이겨낼 수 있다면
이 얼마나 기분 좋은 일입니까

나 때문에
이 세상에서 어려움을 당하거나
슬퍼하거나 괴로워하는 사람이
단 한 사람도 없어야 합니다

나 때문에
누군가 살아갈 힘을 얻었다면
이 얼마나 즐거운 일입니까

강물 위에 쓴 말

너무 외로워서
흘러가는
강물 위에 쓴 말

그리움이라고 써놓았더니
흔적도 없이
흘러가 버리고 말았다

술잔

술을 마시려고
술잔을 바라보았더니
술잔이 먼저
술잔 가득
술을 마시고
취해 버렸다

바닷가 카페에서

바닷가 카페에서
커피를 마신다

바다에서 치던 파도가
어느 사이에 커피잔에서도
파도를 친다

커피 한 잔과 함께
바다의 파도를 마셔 버렸다

산 그림자

해가 뜨면
산들은 그림자를
마음껏 펼치며
아주 자랑스럽게 서 있다

해가 지면
산들은 그림자를
얼른 품 안에 감추고
시치미 떼고 말이 없다

작은 풀꽃

산길을 걷고 있는데
작은 풀꽃이
나를 쳐다보며 말했다

잠시 머물러
나를 바라봐 주세요
아름답다
예쁘다
향기롭다
말해 주세요

지금
너무 쓸쓸하고 외로워요

비가 내리는 날이면

비가 내리는 날이면
비의 손가락들이
유리창에 빗물 방울로
수채화를 그려 놓는다

비 오는 날에만
잠시 잠깐 그려지는
살아 있는 빗물 방울들이
만들어 놓은
물방울 그림이 아름답다

비 오는 날에는
유리창들이
비의 손가락이
그려 놓은
한 장의 그림이 된다

비가 내리는 날은

비가 세상이란 악보에 떨어져
음악을 만들고 있다

비가 내리면
온 세상이 타악기로 변한다

산과 들 그리고 강과 바다
풀과 나무와 온 땅에 비가 떨어져
타악기를 연주한다

하늘에서 내리는 비에 따라
연주곡이 달라진다

태풍과 소나기는 세차게
가랑비와 이슬비는 가볍게
세상을 촉촉하게 적시며
타악기 연주로 음악이 가득하다

비가 내리는 날은
온 세상에 음악회가 열린다

비는

비는 하늘과 구름이 함께하는
비 오는 날의 연주곡이다
비가 내릴 때마다
연주곡이 달라진다

안개비 이슬비 가랑비 소나기 태풍
진눈깨비 각각 노래가 다르다
비는 계절 따라 연주곡이 달라진다

봄비 여름비 가을비 겨울비
각각 노래가 다르다

비가 내릴 때마다
빗소리와 빗방울이 달라지며
하늘과 구름이 연주하는 곡이 달라진다

비는 하늘과
구름이 연주하는
아름다운 비의 노래다

그믐밤

달이 어둠 속에
몰래 숨어 버린 그믐밤

어둠은 가맣게 짙어지고
밤의 별들은 어둠 속에서
눈빛이 초롱초롱 빛난다

어둠 속에서 가로등은
어둠을 밝히려고 신경 쓰는지
더 밝아 보인다

달이 몰래 숨어 버린
캄캄한 그믐밤
보름달이 보고 싶고 그립다

고요 속에서

깊은 숲속 모든 소리가
숨죽은 고요 속에서
모든 것이 기다리는 것은 소리였다

새 한 마리 울음에
고요의 깊은 정적이
한순간 깨졌다
울음이 그치자 다시 고요 속으로 빠져든다

깊은 숲속은
고요한 적막에 익숙하다
짐승들의 울음소리가 들려도
다시 고요 속으로 빠져든다

고요 속에서도
나무들과 풀들이 소리 없이
쑥쑥 자라고 있다

우리의 마음은

우리의 마음은 노래한다
슬플 때는 슬픔을 노래하고
기쁠 때는 기쁨을 노래하고
아플 때는 고통을 노래한다
사랑할 때는 사랑을 노래한다

우리의 마음은 악기다
외로울 때는 외로움을 연주하고
쓸쓸할 때는 쓸쓸함을 연주하고
고독할 때는 고독을 연주하고
이별할 때는 괴로움을 연주한다

하늘은 화가다

하늘은 화가다
하루에도 수없이 시간 따라 다르게
구름을 그림으로 그려 놓으면
감탄할 정도로 아름답다

하늘은 조각가다
하늘에는 수많은 별이
조각해 놓아서
밤마다 반짝이고 있다

하늘은 수채화가다
해가 뜰 때 동트는 아침을
아름답게 그려 놓고
해가 지는 아름다운 저녁
노을을 아름답게 그려 놓아
바라보는 마음을 감동하게 만든다

나팔꽃

나팔 소리 한 번 신나게
불지도 못하면서
나팔 모양만 아주 근사하게
나팔꽃으로 피어났다

얼마나 외치고 싶었으면
얼마나 소리치고 싶었으면
꽃이 나팔이 되어 피어났을까

나팔 소리 없어도
아름다운 나팔꽃으로 피어난
나팔꽃의 소리 없는 외침이 아름답다

나무는 울지 않는다

새들이 나뭇가지에 앉아 울다가
손톱자국을 남기고 날아가도
나무는 울지 않는다

새들이 다시 날아와
나뭇가지에 앉아 울어도 좋다고
나무는 울지 않는다

새들이 떠나간 나뭇가지마다
새들의 울음이 남아 있다

저녁노을

어느 화가가 날마다 저녁 하늘에
아름다운 노을을 그려 놓았을까

떠나가기 얼마나 싫으면
그리움이 얼마나 가득하면
저녁 하늘을 노을로 아름답게
붉게 물들여 놓았을까

어떤 색깔로 노을을 그려 놓았기에
활활 불타고 있을까
어떤 색깔로 노을을 그려 놓았기에
이토록 아름답게 물들 수 있을까

어느 화가가 날마다 저녁 하늘에
아름다운 노을을 그려 놓고 있다

가을 오후

고요하고 한가로운 가을 오후
하늘도 푸르고 빛나는 햇살에
호수의 푸른빛이 더 푸르게 살아난다

오가는 바람 한 점 없고
호수도 정지된 듯 물결 하나 없이
아주 잔잔하다

고요를 깨듯 새 한 마리
하늘을 날아가다 잠시 호수에 내려와
두 발가락으로 가을 시 한 편 쓰더니
가벼운 몸으로 훌쩍 날아간다

바다의 마음

넓고 넓은 바다의 마음을
어떻게 알 수 있을까

잔잔할 때 바라보아도
파도칠 때 바라보아도
궁금증만 더할 뿐
도무지 알 수가 없다

소금 맛을 보고
바다의 속마음을 알았다

바다의 마음이
햇볕에 바싹 말라
짜디짠 소금이 되었다

짝사랑

내 마음속에
꼭꼭 숨겨 놓고
짝사랑하는 걸
누가 알까

아무도 모르고
나 혼자만 애태우니
이룰 수 없는
짝사랑이다

별똥별

하늘에 빛나는 별도
기다림에 지쳐
보고픔이 밀려오면
더 이상 참지 못하고
별똥별이 되어 떨어져
사랑을 찾아간다

삽화

네가 그리울 때는
내 마음에
네 얼굴을
삽화로 그려 놓았다

첫사랑

네가 나에게 준 첫사랑
사랑의 꽃으로 피어나
내 마음에서 시들지 않고
항상 피어 있다

떠나는 배

떠나는 배 따라가면
갈매기 함께 날 듯
그리움도 따라가지만
갈매기도 지쳐 날아가고
그리움도 따라가다 지쳐
내 마음에 고스란히 남아 있다

소곡

비가 내리는 날
온 세상의 빗방울들이
땅의 건반을 두드리는
비의 소곡에
촉촉하게 젖고 있다

새들의 노래

새들의 노래는
누가 가르쳐 주었을까

새들은 누구에게
노래를 배웠을까

숲속 새들의 노래가
숲속 가득 울림을 준다

이른 아침 창밖의 참새들 노래는
악보도 없이 악기 연주도 없이
아침의 시작을 알려 준다

새들이 제 이름으로
부르는 노래가
가장 잘 부르는 명곡이다

나무의 말

나무는 초록 잎으로
나무의 말을 전한다

초록 잎이 물들기 시작하면 봄이고
초록 잎이 찬란하게 빛나면 여름이고
초록 잎이 단풍으로 물들면 가을이고
단풍이 낙엽으로 지면 겨울이다

나무의 초록이 선명하면
나무는 건강하고
나무의 초록이 시들하면
나무는 병들었다

나무는 초록 잎으로
속마음을 말하고 있다

풍선

풍선은
세상 구경을 하고 싶어
하늘 높이 올라
세상 구경 실컷 하더니
얼마나 좋은지 오간다는 말도 없이
간 곳도 모르게 사라져 버렸다

화가

화가는
마음의 물감 통에서
수많은 물감을 꺼내어
화폭에 칠하고 있다

색깔이 화폭을 넘을수록
화가가 꿈꾸던 마음의 그림이
선명하게 그려진다

화가의 마음에는
지금 그리는 그림이
이미 그려져 있다

밤하늘

얼마나 큰 붓으로
밤하늘을
까맣게 칠해 놓았을까

빈틈 하나 없이 똑같은 색깔로
넓고 넓은 하늘을
한가득 까맣게 칠해 놓은
솜씨를 보면 대단한 화가다

얼마나 큰 붓으로
밤하늘을 까맣게 칠해 놓았을까
그 많은 먹물을 어디서 가져왔을까

하늘의 별

밤하늘의 별들은 어느 솜씨가 아주 좋은
대장장이가 만들어 하나씩 하나씩
남들 모르게 하늘에 붙여 놓았을까

별마다 찬란하게 빛나는 걸 보면
대장장이의 기술이 빼어나게
좋은 모양이니 참으로 대단한 일이다

밤하늘의 별들을 만든 대장장이는 누구일까
얼마나 잘 붙는 풀이 있었으면
하늘에 별을 딱 붙여 놓았을까
그 솜씨 한번 대단하다

대장장이가 언제부터
하늘에 별들을 만들어 놓았는지
별들의 숫자를 헤아릴 수가 없다

별을 만들어 하늘에 붙여 놓은
대장장이의 손기술이 넓고 깊고 높아
끝없는 찬사를 보내고 싶다

지나가 버린 세월 속에

지나가 버린 세월 속에
추억이 살고 있다

떠나간 사람들도
그리운 사람들도
그곳에서 언제나
그 모습으로 남아 있다

다가오는 미래는 현실을 만들고
떠나간 날들은 추억을 만든다

오늘의 행복한 순간들이
흘러가고 떠나간 시간 속에
아름다운 추억을 만든다

추억이 없는 사람은
미래도 내일도 없다
아름다운 추억이 있는 사람은
오늘과 내일을 아름답게 살아간다

환청

너무 보고 싶으면
들리지도 않는 목소리가
환청으로 들린다

나를 찾는 것만 같고
나를 부르는 것만 같고
나에게로 오는 것만 같다

혼자 마음인데도
서로 똑같은 마음인 것처럼 느낀다
혼자 사랑인데도
서로 똑같이 사랑하는 것처럼 생각한다

목메도록 보고 싶으면
가슴 저리도록 보고 싶으면
들리지도 않는 목소리가
환청으로 들린다

꽃씨

꽃이 피었다 질 때도
다시 꽃 피고 싶은 열망이
꽃씨를 남겨 놓았다

꽃씨 속에는
꽃 피고 싶은 마음이
가득하게 담겨 있다

꽃씨 속에 숨어 있는
아름다운 꽃이
필 날을 기다리고 있다

고목

오랜 세월 견딘 고목일수록
달아난 세월 속에 버틴 모습이
고상하고 아름답게 느낄 수 있도록
쌓여가는 세월 속에 아름답게 서 있다

오랜 날들이 말없이 흘러가 버려도
고목의 살과 뼈에 떠나 버린
연륜의 빛과 어둠이 수북하게 쌓여
우뚝 서 있는 모습이 아름답다

고독이 만든 섬

어느 날
혼자 쓸쓸하게 남은 날
고독이 손님처럼 찾아와
내 마음에 주인이 되더니
내가
고독이 만든 고독과
외로운 섬에
꼭꼭 갇히고 말았다

숲길

푸른 산언덕 넘고 넘어
숲길을 걸으며
숲속 이야기를 듣는다

나무 한 그루 한 그루마다
각기 다른 모습으로
살아온 세월을 이야기한다

풀잎 한 포기 한 포기마다
각기 다른 모습으로
지나온 세월을 들려주고 있다

숲길을 걸으면 가슴에 불어오는 바람이
세상 이야기를 들려준다
나뭇가지에 앉아 노래하는 새들이
숲속 음악회를 열고 있다

내 발자국소리에 놀란 다람쥐
자꾸 뒤돌아 보다 멀찌감치 달아났다
숲길을 걸으며 숲의 이야기를
마음에 담을수록 편안하다

달의 마음

보름달은
크고 넉넉한 마음이다

상현달 하현달은
왠지 부족한 마음이다

초승달은
작고 쌀쌀한 마음이다

그믐달은
전혀 알 수 없는 마음이다

항아리

밤새도록 별빛 달빛
쏟아져 내렸는데
항아리 뚜껑을 열어 보니
텅 비었다

항아리가 밤새도록
마음 한 번 안 주고
마음을 꽁꽁 닫았나 보다

길가에 떨어진 열쇠

길가에 떨어진 열쇠
여기까지 살아오면서
나만 만나면 꿈쩍 않던 자물통도
한순간에 열린다고
자만하며 살았다

열쇠가 길가에 떨어져
손도 발도 없이
오도 가도 못하는
신세가 되고 말았다

자기 갈 길도 열지 못하고
미아 신세가 되고 말았다
참 안타까운 일이다

혼자 가는 길

삶이란
혼자 가는 길

삶이란
처음부터 끝까지
홀로 허둥지둥 대다
훌쩍 떠난다

삶이란
쓸쓸하고 고독하게
아쉬움 가득한 눈길로
혼자 가는 길이다

봄에는

봄에는 나무들이
가지마다 겨우내 꾹 참았던
웃음 터뜨리며 봄꽃을 피운다

봄에는 산 아래서부터 꼭대기까지
나무들의 꽃을 피우며
올라가기 시작한다

봄에는 푸른 하늘의 구름도
한 송이 한 송이
꽃으로 피어난다

봄은 하얀 목련꽃
활짝 피는
아름다운 계절이다

봄이 시작된다

봄이 왔다
꽃들아 새싹들아
마음껏 피고 돋아나라

봄햇살을 받으며 봄비가 내려
한겨울 내내 추위에 몸을 조이고
얼었던 땅을 파고들면
온 땅이 몸 풀어 봄을 만든다

나뭇가지들이 꽃 입술 내밀며 봄꽃이 피고
땅에서는 새싹들이 힘차게 고개를 내민다

겨우내 가슴 태우며 기다리고 그리워했던
봄이 오면 나무가 꽃 피워 활짝 웃고
온 땅에 새싹 돋아나 꿈과 희망이 충만하다

겨우내 봄을 향해 치솟던 그리움이
꽃으로 피어나 행복하다
봄비가 겨울을 씻어내고 봄햇살이
온 땅을 어루만지면 봄이 시작된다

봄길을 걷다가

봄길을 걷다가
진달래꽃 개나리꽃 만나니
시선이 자꾸만 꽃으로 향하여
마음에 감탄을 자아낸다

산에 핀 진달래꽃이 이리도 아름다운가
사랑하는 이를 만난 듯
한순간에 마음을 사로잡는다

봄이 왔다고 노란 주둥이 내밀며
일제히 소리치는 개나리꽃들의 외침에
봄을 가슴 가득 담는다

봄길을 걸으면
눈 안 가득 봄이 찾아든다
봄길을 걸으면
봄을 알리는
봄꽃들의 합창이 가득하다

봄은 그림 한 폭이다

햇살이 가득한 봄날
벚꽃이 활짝 피어나고
푸른 강이 흐르는 풍경은
자연이 만들어 놓는
멋지고 아름다운 그림 한 폭이다

꽃 피는 봄은
맑은 눈 안에 가득하다

꽃 피는 봄은
행복한 마음에 가득하다

꽃 피는 봄은
꽃길 따라 걸어가는 발길에 가득하다

진달래꽃

진달래꽃 가슴 저린 연정에 빠져
봄마다 참지 못하고 견디지 못해
온몸이 후끈 달아올라
꽃잎마다 분홍빛으로 물들어 가며
온 산에 피어나 어떤 사랑을 찾고 있을까

누가 보고 싶었을까
누가 그리울까

그리움의 피가 꽃잎마다 물들어
분홍빛으로 피어나니
어찌 아름답다 하지 않겠는가
어찌 어여쁘다 하지 않겠는가

내 사랑도 그리움에 물들어
분홍빛 사랑 꽃으로
이 봄에 피어나니
어찌 사랑하지 않겠는가

아지랑이

봄날 따스한 햇살을 받고
아지랑이가 피어오르면
이미 온 세상에 봄이 가득하다

꽃들이 봄나들이를 시작하고
새싹들이 신나서 땅을 뚫고
힘차게 솟아오른다

봄날 아지랑이가
춤추듯 아른거리며 솟아오르면
연초록 잎들이
봄날을 아름답게 색칠한다

봄날 아지랑이 꽃처럼 피어나면
사람들 마음에
봄기운이 가득해 가만있을 수 없어
꽃 찾아 발길이 떠난다

벚꽃 축제

세상의 행복한 웃음이 한꺼번에 몰려와
하얀 벚꽃으로 신나게 피어난다
푸른 하늘 아래 활짝 피어난 벚꽃들을 보면
내 마음에도 웃음꽃이 활짝 피어나
입을 닫을 수 없도록 기분 좋은 웃음이 터져 나온다

활짝 핀 벚꽃 꽃잎이 바람결에 떨어질 때마다
온 세상에 웃음소리가 퍼져 나갔다
벚꽃 핀 길을 오가며 만나는 사람들의 얼굴에
행복한 웃음꽃이 활짝 피었다

삶의 거리 어디에서 이토록
웃음이 가득한 얼굴들을 만날 수 있을까
화창한 봄날 활짝 핀 벚꽃이 선물하는
행복한 웃음에 사람들이 온갖 시름을 던져 버리고
세상에서 가장 밝고 행복한 웃음을 짓는다

입춘

봄이 온다는 입춘 소식에
맹추위가 텃세를 부려도
눈 덮인 산을 보아도
봄햇살을 받아 따뜻하다

추웠던 날씨가 풀리며
입춘이 찾아왔다

봄이 찾아온다는 소식이 반가워
벅찬 감동에 마음 밭에
먼저 꽃씨를 심었다

따뜻한 햇살을 받으며
어디선가 봄이 찾아오는
발자국소리가 들리고
마음 밭에 시 꽃이 피어나고 있다

봄날 벚꽃을 보면

봄날 벚꽃을 보면
폭죽이 터지듯이 얼마나 신나게 피어나는지
나도 벚꽃처럼 인생을 꽃 피우고 싶다고
마구 외치고 싶어 벚꽃에 반해 버렸다

봄날 벚꽃을 보면 얼마나 아름답게 피는지
얼마나 신나게 피는지
얼마나 멋있게 피는지
벚꽃과 한동안 사랑하고 싶다

봄날 벚꽃을 보면 기분이 좋아지고
아픔과 시름과 걱정이 사라지고
벚꽃을 따라 함박웃음 웃으면
행복해지는 마음에 벚꽃과 잠시만 사랑하고 싶다

최고의 봄날을 만드는 만개한 벚꽃을 보면
삶이 자꾸만 행복해지고 기뻐지며
벚꽃 길로 한없이 들어가고 싶고
벚꽃처럼 내 인생도 활짝 피어나고 싶다

봄은 꽃들의 웃음 잔치

봄은 꽃들의 웃음 잔치가
열리는 행복한 계절이다
이른 봄에 피는 목련꽃은
찾아오는 봄이 좋아서
함박웃음으로 피어난다

길가에 늘어선 개나리들은
다시 오는 봄이 좋아서
아이들처럼 깔깔대며 웃음꽃 합창을 한다

산마다 피어나는 진달래꽃은
봄을 기다리는 처녀들의 웃음꽃이다

강가에서 피는 매화꽃은
아름다운 마을 여인들의 웃음을 띠고
호숫가의 수양버들은
연초록 고운 웃음을 짓고 있다

가는 곳마다 피어나는 노란 민들레꽃은
봄바람 난 여자의 웃음을 웃으며
온 세상에 봄 소문을 내고 있다

봄이 오고 있다

봄이 오고 있다
봄이 오는 소리가 들린다

계곡에서 물 흐르는 소리가
봄을 부르고 있다

산과 들에 부는 바람이
봄을 부르고 있다

하늘에서 내리는 비가
봄을 부르고 있다

내 마음에는 벌써
봄이 오고 있다

봄이 왔다

눈보라 휘몰아치고 고드름이 꽁꽁 어는
엄동설한에는 영영 안 올 것 같았던
봄이 다시 찾아왔다
봄의 손길 발길이
봄의 모습을 만들기에 바쁘다

산속에 숨었던 눈마저 녹아 흘러내려
강으로 흘러가고 꽃을 피우고 새싹을 틔우고
초록 잎을 만들고 온종일 분주하다

겨울 찬바람 떠나가고 햇살이 따뜻하면
봄이 새싹 얼굴을 내밀어 찾아오고
민들레꽃이 봄소식을 알리려고
곳곳에 봄노래를 부른다

꽃들이 웃고
새싹들이 힘차게 합창하고
온 세상이 신바람 났다
이 좋은 봄날에
온 세상을 아름답게 하는
꽃들이 활짝 피어나고 있다

벚꽃 길을 걸으면

햇살이 화창한 봄날 그리움으로 피어나는
벚꽃 길을 걸으면 마치 환영받는 듯
마음마저 두둥실 뜨고 기분이 좋다

봄을 축하하는 축포라도 터뜨린 듯
찬란하게 피어나는 하얀 벚꽃들을 보면
세상 근심 걱정도 한순간에 사라지고
마음이 편안해지고 기쁨이 넘친다

활짝 피어난 벚꽃들이
시선과 마음을 놓치지 않고
끌어당기는 묘한 매력에 취해
오래 걸어도 꽃구경하는 발걸음이 가볍다

화창한 봄날 꽃춤 추듯
활짝 피어나는 벚꽃 길을 걸으면
이 순간만큼 축복을 한 몸에 받은
가장 행복한 사람이 된다

봄날 꽃구경 한 번 갑시다

화창한 봄날 활짝 피어나는
꽃구경 한 번 갑시다

찬란하고 화려하다 못해
혼을 쏙 빼놓을 정도로 아름다워
한동안 넋을 잃도록 만드는
화려하게 피어나는 꽃을 바라봅시다

우리의 가슴 활짝 열고
화려하게 피어나는 봄꽃들 마냥
우리네 삶도 마음껏 피어 보자
서로 다짐하는 시간을 가져 봅시다

봄날 꽃향기 가득한 길을 걸으며
우리네 인생도 사람답게
멋지게 신나게 살아 보자고
가슴이 시원하게 소리 질러 봅시다

벚꽃 나무 한 그루

벚꽃 나무 한 그루가
화창한 봄날에 주는
행복감이 크고 크다

꽃 피는 봄날 하늘에서
벚꽃 나무에 함박눈을 쏟아 놓은 듯
하얀 벚꽃이 무리 지어 꽃 피어나
환상적으로 보인다

봄날 벚꽃 나무 한 그루가
아름다운 여인이 홀로 서 있는 듯
황홀한 광경을 연출하고 있다

화창한 봄날에 활짝 핀 벚꽃이 뽐내며
수많은 사람을 부르고 있다
"어서 와서 보라!"고
큰 소리로 동네방네 외치고 있다

4월

4월은 꽃들이 화창하게 피어나는
꽃들의 계절이다
햇살 가득한 봄날 어딜 가나
꽃을 보러 온 상춘객들이 몰려온다

봄꽃이 화창하게 피어나는 풍경을
바라보는 시선이 행복하다
4월에 꽃길을 걸어가면
꽃향기에 온몸이 젖고
초록 향기에 코끝이 싱그럽다

4월은 쑥 향기가 들판에 퍼져 나가고
쑥국이 식욕을 당기고
들판에는 나물 캐는
여인들의 손길이 바빠진다
농부들은 논밭을 가꾸고
씨를 뿌리고 모내기를 시작한다

4월은 봄꽃이 피고
꽃비가 되어 떨어지면
열매가 싹트기 시작한다

춘곤

따뜻한 봄햇살에
온몸이 사르르 녹아
봄잠에 빠져드니
어느새 봄꽃 속에서
꽃향기 맡으며
잠들고 말았다

벚꽃 신부

화창한 봄날에
벚꽃 나무 한 그루마다
멋진 신랑을 기다리는
하얀 웨딩드레스를 입은
아름다운 신부로 서 있다

봄비를 좋아하십니까

봄비를 좋아하십니까

봄날 온 땅에 내려
촉촉하게 적셔 주는 봄비를 좋아하십니까

겨우내 추위에 떨며 입술이 메말랐던
땅을 푸근하게 적셔 주는 봄비를 좋아하십니까

봄비가 내리면 온 세상에 새싹이 돋고
봄꽃이 피어나
봄의 축제가 열리기 시작합니다

봄비가 내리면 겨우내 추위에 떨었던
나무들이 기지개를 켜고 기운을 차리고
씩씩하게 자라나 산마다 초록 옷을 갈아입습니다

봄비를 좋아하십니까
사랑에 목마른 마음을
촉촉하게 적셔 주는 봄비가 내립니다

봄날 온 땅에 내려
새싹을 눈 뜨게 하는 봄비를 좋아하십니까

봄햇살 아래 걷는 것은

봄햇살 아래 걷는 것은
하늘의 축복을
온몸에 충만하게 받는 것이다

숲길을 걸을 때마다
싱싱한 초록 가득한 생명의 힘이
온몸과 마음 곳곳에 파고들어
삶의 생기를 돌게 한다

봄햇살 아래 걷는 것은
하늘의 은총을
온몸에 가득하게 받는 것이다

숲길을 걸을 때마다
봄꽃들의 행복한 웃음이
온몸과 마음 곳곳에 파고들어
행복에 빠지고 만다

봄이 온다

따스한 햇살이 온 세상에 가득하고
봄비가 내리면 초록 새싹이
고개를 쏙 내미는 봄이 온다
산과 들 곳곳에 아름다운 봄꽃들이 피어나고
사람들의 얼굴에도 웃음꽃이 핀다

겨우내 얼었던 개울이 녹아 흐르면
흘러가는 물들이 목청껏 소리 높이며
봄이 왔다고 봄소식을 알려준다
봄이 왔다고 아지랑이 피어오르고
예쁜 민들레꽃 곳곳에 피어나
봄의 얼굴을 내민다

봄이 온다
봄꽃들이 신나게 피어나는
봄이 온다

봄소식

봄날 곳곳에
따뜻한 햇살이 좋아
얼굴 쏙 내민 초록 새싹을 보며
봄소식을 만난다

봄날 푸르고 파란 하늘이
간간이 구름 띄우고
봄비를 뿌리며
봄소식을 펼쳐 놓는다

봄날 햇살 담은
따뜻한 봄바람이 불어와
봄을 기다리던 나뭇가지 흔들며
봄소식을 물고 온다

봄날 드넓은 푸른 바다가
따뜻한 햇살 아래
쉴 새 없이 파도를 치며
봄소식을 전한다

봄 느낌

봄비가 내리는
느낌이 다르다

봄바람이 불어오는
느낌이 다르다

봄햇살이 쏟아지는
느낌이 다르다

봄꽃을 피우기 위하여
모두 다 느낌이 다르지만
한마음으로 봄을 만들려고
움직이기 시작하였다

봄비 내리면

봄비 내리면
나무들이 입 벌려
봄비를 마신다

봄비 내리면
나뭇가지마다 폭 젖어 들며
꽃들이 눈을 뜨고
세상을 바라보기 시작한다

봄비 내리면
가지마다 꽃 피어나
꽃들이 서로 예쁘다고
아우성칠 것이다

봄비 내리면
나무들이 신바람이 나
봄꽃을 마음껏 피우고
꽃 자랑을 시작할 것이다

봄길

봄길에
벚꽃 개나리꽃 목련꽃이
활짝 몸 풀고 피어나
꽃길을 만들어 놓았다

봄길은 나무들이 봄꽃 피워
오는 봄을 환영하는 꽃길이다

봄길은 새싹들이 파릇하게 돋아나
오는 봄을 환영하는 초록길이다

봄길 꽃길 걸으면
그윽한 꽃향기에 폭 빠져들어
너랑 나랑 사랑하며
꽃처럼 살고 싶다

봄날 햇살

봄날 햇살이 난리 났다
나무마다 찾아다니며
꽃 피울 마음을 심어 주느라
눈코 뜰 새 없이 바쁘게 돌아다닌다

봄날 햇살이 난리 났다
온 산과 들을 찾아다니며
땅속의 씨앗마다 새싹이 돋는
마음을 심어 주느라고
눈코 뜰 새 없이 다니고 있다

봄날 햇살이 큰일을 해냈다
나뭇가지에서 벚꽃이
신나게 피어나기 시작하였다
온 산과 들에 새싹이
돋아나기 시작하였다

봄날 햇살도 꽃이 피고 새싹이 돋으니
기분이 아주 좋은지
빙그레 웃으며
따스하게 비추고 있다

목련꽃

봄볕에 후끈 달아오른
나뭇가지들이
목련꽃을 하얗게 피워 놓았다

햇살을 꽃잎에 담고 피어난
하얀 목련꽃
한 송이 한 송이마다
눈부시게 아름답다

봄마다 찾아오는
목련꽃
봄마다 내 사랑이 찾아온 듯
반갑고 기쁘다

라일락꽃 피는 계절에

봄날에 라일락꽃 피면 그리움이 몰려오는데
라일락꽃 피는 계절에 우리 만나 사랑합시다

온 세상에 그윽한 꽃향기가 가득한데
우리 마음에 가득한 사랑을
마음껏 보란 듯이 꽃 피워 나갑시다

코끝에 라일락꽃 향기가
행복을 선물해 주듯 우리 사랑이 충만해
서로 행복하게 만들어 줍시다

봄날에 라일락꽃 향기만으로도
사람들 모두 행복에 빠져들듯이
우리도 서로 사랑함으로 행복합시다

머물지 못하고 서둘러서 떠나가는 삶인데
라일락꽃 피듯이 사랑하지 못하면
그 아쉬움을 그 안타까움을 어찌합니까

라일락꽃 피는 계절에
우리 만나서 사랑합시다

봄꽃

봄꽃이 찾아온다
겨우내 빈 가지로 외로웠는데
봄날에 가지마다
봄꽃 피어 황홀함에 빠진다

나무의 손가락마다
꽃 활짝 피어나
사랑하고픈 마음만
잔뜩 만들어 놓고
한순간에 꽃 떨어져 떠나간다

나뭇가지의 핏줄을 짜내어
봄꽃 필 때 봄을 바라보는
행복을 만끽했기에
꽃 사랑 속에 빠져 살 것만 같다

봄꽃이 떠나면
마음이 텅 빈 듯 큰 아쉬움에
봄꽃이 또다시 필 날이 기다려진다

아름다운 벚꽃

찬란한 봄햇살 받아 아름답게 피어나는
벚꽃 송이 송이를 바라보니
눈 안에 기쁨이 쏟아져 들어와
금방 얼굴에 웃음꽃이 활짝 피어난다

화창한 봄날에 황홀하게 피어나는
어여쁜 벚꽃 송이 송이를 바라보니
가슴에 행복이 마구 쳐들어와
온몸을 감동의 전율로 흔들어 놓는다

봄의 여신 아름다운 벚꽃을 보니
사랑하고 싶은 사람을 만난 듯
기쁜 마음에 사랑이 가득 차올라
지금 당장이라도 아름다운 사랑에
온몸을 던져 풍덩 빠지고 싶다

벚꽃을 보면

벚꽃을 보면
외로움도 한순간에 사라지고
내 마음에 사랑이 찾아온다

벚꽃을 바라보면
마냥 행복해지고 얼굴에
웃음꽃이 활짝 피어난다

벚꽃을 바라보면
고독했던 마음이 어느 사이에
깨끗이 사라진다

벚꽃을 바라보는 순간만큼
기쁨이 가득하고
축복받은 사람인 것만 같다

산수유꽃

산수유꽃 봄에 피는 꽃인데도
화려하지 않고
수줍은 듯 노랗게 피어난다

산수유꽃보다
매화꽃 벚꽃에 눈을 돌려
섭섭한 마음이 많은가 보다

산수유꽃
꽃으로 못다 한 말
붉은 열매로 시선을 모은다

화창한 봄날

화창한 봄날 눈부시게 하얀 벚꽃이 피어
꽃마다 서로서로 예쁜 얼굴 자랑이
한창이라 끝날 줄 모른다

따스한 봄날 꽃구경 나온 사람마다
하얀 벚꽃의 예쁜 얼굴의 아름다움에
홀딱 빠져 버리고 말았다

만발하게 피어난 벚꽃들을 바라보며
탄성을 지르고 가슴에 휘몰아치는 감동에
떠날 줄 모르고 사진 찍기에 몹시 바쁘다

벚꽃은 봄마다 나뭇가지 전체가
꽃으로 피어나 꽃의 아름다움을 마음껏
자랑하고 나타내는 봄꽃 중의 봄꽃이다

벚꽃이 화창하게 피어나는 봄날
사람들의 얼굴이 꽃처럼 피어나
아름답고 행복하게 보인다

하얀 목련꽃

하얀 목련꽃 피어
아름다운 흰옷을 입은
아름다운 여인이 봄날에 찾아왔다

목련꽃 여인이 아름다워
한순간에 홀딱
황홀한 사랑에 빠져 버렸다

하얀 목련꽃 지고 나니
아름다운 흰옷을 입은 여인이
어디로 가는지 알 수가 없다

얼룩진 하얀 옷만 이곳저곳
떨어져 있으니 안타까움에
처절한 허무만 가슴에 가득하다

벚꽃 길을 걷다가

벚꽃 길을 걷다가 꽃이 아름다워
혹시 천국에 온 것이 아닌가
찬란한 행복감에 한순간 빠져 버렸다

벚꽃 길을 걷다가 봄꽃이 이리도 좋으면
내 인생도 봄꽃처럼 아름답게 피어나고 싶다

벚꽃 길 걷다가 꽃이 아름다워 생각했다
내 삶의 순간순간도
이렇게 아름답다면 얼마나 좋을까

벚꽃 길 걷다가 이토록 아름다운 꽃도
이토록 황홀한 아름다움도 지나고 나면
한순간이구나 가슴이 저려왔다

푸른 들판으로 오라

푸른 들판으로 오라

찬란한 햇살 아래
너를 위한
초대의 자리를 마련하였다

네가 찾아온다면
속 깊은 이야기를 나누며
정감 있는 시간을
한없이 보낼 수 있다

푸른 들판으로 오라

보름달

보름달은 누가 얼마나
한스럽게 모질게 그리웠으면
창백한 얼굴로 밤새 뜬눈으로
밤하늘에 떠서
홀로 기다리고 있을까

누군가를 사랑한다는 것은

누군가를 사랑한다는 것은
얼마나 행복한 일인가

홀로 살아가는 고독한 세상에
그리워하고 사랑할 사람이 있다는 것은
행복하게 살아갈 이유가 된다

누군가를 사랑한다는 것은
얼마나 즐거운 일인가

홀로 살아가는 힘겨운 세상에
마음을 나누고 힘이 되어줄
사랑하는 사람이 있다는 것은
삶을 즐겁게 살아가는 이유가 된다

홀로 카페에 앉아

혈관에 고독의 피가 흐르는 날은
고독에 끌려 나와 기다릴 사람도 없는데
홀로 카페에 앉아 진한 에스프레소를 마신다

가슴에 고인 그리움이 만들어 놓은
고독의 맛은 에스프레소보다 더 쓰고
홀로 남아 있는 외로움은 모질게 쓸쓸하다

설렐 것도 감동할 것도 없이 마음이 허전한
마음이 텅 빈 고독한 날에는
에스프레소 맛이 입안 가득하게 쓰다

커피 한 잔으로 가슴에 가득한 고독을
쓸어내리는 쓸쓸한 날에는
창밖에 걸어가는 사람도 쓸쓸해 보인다

고독이 가슴 적시고 그리움 가득
갑자기 고독이 몰려오는 날은
방에 갇혀 있기보다
카페에서 고독과 이야기하며
마음을 스스로 달래는 것이 속 편하다

내 마음 누가 알까

이리도 외로운데
이리도 쓸쓸한데
내 마음을 누가 알까

사방에서 고독이 몰려와서
가슴속에 허전함이 가득하고
빈 가슴에 구멍이라도
뚫린 듯 허무한데
내 마음을 누가 알까

너무 외로운데
너무 쓸쓸한데
울지도 못하고
웃지도 못하고
내 마음을 누가 알까

꽃비 내리는 봄날

벚꽃이 떨어져
꽃비 내리는 봄날

꽃비를 맞으며
행복한 마음으로
꽃길을 걷는다

어느 사이에
이 세상에서
가장 행복한 사람이 된다

벚꽃이 진다

봄을 빛나게 활짝 피어나
봄땅을 수놓았던 화려한 벚꽃이 진다

벚꽃은 필 때도 아름답고
벚꽃이 질 때도 아름다워
꽃비가 되어 꽃길로 만들어 놓는다
봄이 필 때 화려함으로
온 마음을 설레게 하던
벚꽃은 질 때도 멋지게 퇴장한다

벚꽃은 봄날 가장 아름답게 피어
사람의 마음을 부풀게 하고 사랑에 빠뜨린다
벚꽃은 질 때도 아름답게 떨어져
사람들의 마음을 행복하게 만들어 준다

벚꽃이 필 때도 벚꽃이 질 때도
벚꽃의 아름다움에 폭 빠져들어
모두 다 행복한 봄날이다

봄물 소리

한겨울에 속수무책으로 얼어붙은
얼음 속에 꽁꽁 갇혔던 물소리가
기다리고 기다리던 봄이 되어
맑게 흐르는 봄물 소리 들린다

겨울을 거뜬하게 이겨 낸
봄물 소리는 물이 흘러가며
봄을 부르는 소리가 되어
온 세상에 봄이 가득하게 만든다

봄물 소리는 생명 소리 꽃 피고 싹트는
봄을 불러내는 소리다
봄물 소리는 겨우내 기다리던
봄이 왔다고
봄소식을 온 세상에 전하는
봄의 외침이다

봄비 속의 봄꽃

봄비 내리는 소리가
나무의 심혈관까지
젖어 들었다

봄비가 끝나자
봄햇살을 받은 나뭇가지들이
얼마나 힘이 좋은지

나뭇가지마다 신나게
아름다운 봄꽃을
수없이 꽃 피우고 있다

봄이 온다

곳곳에서 봄이 오는 소리가 들린다
따뜻한 햇살에 겨우내 꽁꽁 얼었던
동토가 녹아서 흐르고 봄바람이 불고
봄비가 내리고 계곡물이 신나서 흐른다

봄바람이 봄을 만들기 위하여
겨울의 마지막 기운을 밀어내고 있다
봄소식에 나뭇가지는
생살을 찢어 꽃 피우고
꽃향기가 바람에 날린다

땅속에서는 씨앗들이
온몸을 찢어
새싹들이 땅을 뚫고 돋아난다

봄이 온다
온 세상이 봄맞이에 흥겨워
들뜬 마음이 가득하다

고창 청보리 밭길

화창한 봄날에 청보리
밭길을 걸어가면
휘파람이 절로 난다
황톳길에 심은 청보리
알알이 익어갈 때면
내 사랑도 함께 폭 익어갈 것이다

청보리 밭길을 바라보면
정겨움이 가슴에 가득해지고
그리움에 찡한 눈물이 난다

청보리 밭길을 걷고 또 걷다 보면
누군가를 반갑게
만날 것만 같은 느낌이 든다
봄을 가득히 담아 놓은
청보리밭이 누구나 오라고 부른다

봄이 불러들인
초록 향연이 들판에 가득한데
사랑하는 이 돌아온다면
기다림도 행복하지 않은가

봄꽃 향기

봄햇살 찬란함 속에
봄꽃이 만발하게 피어나면
봄꽃 향기를 사방으로
뽐내듯 마구 피워낸다

봄꽃이 다투듯 활짝 피어나면
가슴에 불 지른 듯
환장할 봄꽃 향기가 몰려온다

내 마음을 어찌할 수 없도록
마음대로 꽃향기로 분탕질하는
봄꽃 향기에 미치도록
몸과 마음을 빼앗긴다

꽃 피는 봄날의 봄꽃 향기에
온몸에 봄꽃이 피어나도록
마음껏 취하고 싶다

봄이 오는 걸 아무도 막을 수 없다

봄이 찾아오는
발자국 소리가 들리면
봄이 오는 걸 아무도 막을 수 없다

겨우내 꽁꽁 얼었던
골짜기가 봄햇살에 녹아
철철철 물이 흘러가며
봄을 노래하는 것을
아무도 막을 수 없다

온 땅에 봄기운이 가득하고
온 땅에 봄맞이하는 바람 가득해
봄이 다시 찾아와 산과 들에
꽃 피고 새싹 돋는 것을
아무도 막을 수 없다

봄날에 눈부신 봄꽃 피워
웃음꽃 온 세상에 퍼져 나가는 것을
아무도 막을 수 없다

메밀꽃

메밀꽃은 꽃으로 피어
하얀 눈이 되었나 보다

메밀꽃 하얗게 피어나니
온 세상에 눈이 내린 듯
눈꽃이 피어난 듯
하얀 눈밭이 되고 말았다

내 마음의 길

네가 그리울 때면
네가 보고플 때면
내 마음의 길을 따라
너에게로 가고 싶다

내 마음의 길을 따라
걷고 걸어도 그리움만 가득할 뿐
떠나가 버린 너는 보이지 않는다

사랑할 때는
그리움은 만나는 기쁨이 있지만
이별 후에는
그리움은 견딜 수 없는
뼈아픈 안타까움만 남는다

내 마음에는 언제나
너에게로 가는
그리움의 길이
내 마음의 길이
열려 있다

까치집

미루나무 꼭대기 까치집
나뭇가지로 얼기설기
엉성하게 지은 것 같은데
비바람이 몰아쳐도 끄떡없는 걸 보면
까치가 집 짓는 실력이
보통이 아닌 것 같다

작은 것

쓸데없는 계산과 헛된 생각과
잡다한 궁리에서 떠나야
작은 것들을 소중하고 귀히 여길 줄 안다

큰 것과 모든 것을 소중하게 여길 줄 아는
마음의 여유가 생긴다

작은 것을 아껴야 낭비가 없고
작은 것부터 보살펴야 마음이 넓어지고
작은 것부터 소중하게
생각해야 삶도 소중하다

큰 것이 작은 것이 되고
작은 것들이 모여 큰 것이 된다

명철하고 지혜로운 사람은
작은 것을 아끼고 사랑하고
소중하게 여겨야
모든 것을 소중하게 대한다

한여름

한여름 태양이
뜨거운 열정을 불태워
온 세상이 뜨겁다

덥고 더운 여름날도
시원한 소나기 한차례
쏟아지고 나면
온 세상이 시원하다

햇볕을 가려 주는 나무 그늘 아래
시원한 바람이라도 불어 주면
무더운 여름도
시원한 맛에 살맛이 난다

귤 열매 익어가는 가을

제주도 돌담 안의
귤 밭에 귤들이
노랗게 익어간다

귤 열매 익어가는 가을
푸른 하늘 아래
노랗게 익어가는 귤이
아주 예쁘다

가을 햇살을 받아
빛나는 노란 열매 아름답다

기러기

계절 따라 남쪽으로 날아온 기러기 떼
푸른 가을 하늘을 날아가며
날개를 힘차게 저으며
가을이 왔다고 소식 전한다

먼 곳에서 찾아오신 반가운 손님
기러기들이 하늘을 날며
가을 노래 부른다

기러기가 날아가며 내려다 본
가을 풍경이 아름다운지
가을을 외치며 날아간다

기러기 떼 외치는 가을 소식에
산과 들의 나무들도
단풍이 더 곱게 물들고 말았다

가을 고독

찬바람이 옷깃을 타고 들어와
가슴까지 시리게 하는데
가을 고독이 찾아와 외롭게 만든다

한목숨 살아가기가 쓸쓸한데
고독마저 파고들면
외롭고 쓸쓸함이 온몸에 퍼진다

고독과 잠시 놀아 볼까 하는 생각에
커피를 마시면 쓰디쓴 인생의 맛을 느낀다

가을이 깊어 갈수록 고독이
천 근 무게가 되어 온몸을 짓눌려
힘든 마음 훌훌 털어 버린다

가고픈 곳으로 홀가분하게
나 홀로 가을 고독과 친구가 되어
훌쩍 여행을 떠나고 싶다

가을밤

붉게 물드는 단풍이 미치고 환장하도록
빛깔이 곱고 아름다운 가을밤
네 가슴을 파고드는 환장할 그리움에
잠을 도저히 잘 수가 없고
그리움이 짙어질수록 더욱 또렷해지는
너의 모습이 눈앞에 있는 것만 같다

귓구멍을 파고드는 환청 같은
너의 목소리가 들려오면
볼에 와 닿는 그리움에
얼굴이 빨갛게 물들어 온다

생가슴에 불 지른 듯 그리움이 불타올라
어찌할 수 없는 마음에
그리움의 손짓 따라가면
그곳에 네가 있을 것만 같아
환장하도록 보고 싶다

가을밤 하늘에 뜬 보름달이
보고 싶은 네 얼굴인 양 날 보고 웃으니
그리움마저 붉게 물들어
환장에 환장을 더하는 가을밤이다

가을 은행나무

은행나무는 봄부터
이 가을의 풍경을 만들기 위하여
준비하고 있었다

비 내리고 햇살 좋은 봄날
가지가지마다 초록 잎이 돋아나
여름 내내 초록을 마음껏 자랑하였다

가을이 오자 기다렸다는 듯이
일순간에 노란 단풍이 들더니
가을 정취를 살리기 위하여
노란 은행잎이 떨어지기 시작한다

은행잎이 노랗게 물드는
가을이 얼마나 아름다운가
노란 은행잎이 떨어진
가을의 거리가 얼마나 아름다운가

은행나무는 이 멋진 풍경을 위하여
봄부터 준비했다
이 가을 멋진 낭만을 위하여
봄부터 준비했다

가을 갈대

갈대는 가을이 오기만을
간절한 마음으로 기다렸다

가을이 오면 하얀 꽃 피어
바람이 불 때마다 찾아온 가을을
함박웃음으로 온몸을 흔들며
온 마음으로 환영한다

하얀 갈대처럼 가을을 환영하고
가을을 좋아하고
가을을 사랑하고
그 가을 사랑을 마음껏 표현하는
꽃이 또 어디에 있을까

하얀 갈대는
가을을 무척 좋아하고
가을을 많이 사랑한다

가을 단풍 축제

나뭇잎들이 단풍 들어
가을바람 따라 춤추는 가을
단풍 축제가 열렸다

나뭇가지마다 단풍 물들어 잎들이
저마다 색깔을 뽐내며 자랑하고 있다

푸른 하늘 아래서
마음껏 단풍으로 물든 오색 단풍
나뭇잎들이 아름답다

나뭇잎들이 단풍 든 모습을 자랑할수록
그 뛰어난 아름다움에 감동이 넘쳐난다

가을 단풍 축제
단풍이 곱게 물든 숲속으로 들어갈수록
단풍의 아름다운 매력에 빠져든다

가을 하늘

가을 하늘에
푸른 하늘빛이
푸르고 아름답게
가을을 담고 있다

가을 하늘을
보고만 있어도
가슴에 가을이
가득하게 물들어 온다

가을 하늘에
푸른 하늘빛이
가을을 아름답게
표현하고 있다

가을 하늘처럼
내 마음도 푸르게
푸른 가을을 담고
늘 푸르게 살고 싶다

고추잠자리

가을이 좋아서
가을이 참 좋아서
설레는 마음 어쩔 수가 없다

고추잠자리
온몸이 빨갛게 단풍 들어
푸른 하늘 춤추며 날아다닌다

망각

잊어버려야 할 것을
안고 살면 아픔이 된다

잊고 떠나야 할 것은
망각이란 이름으로
훌훌 털어 버리고
깨끗하게 지워 버려야 한다

잊어야 할 것은
다 잊고 사는 것이
마음이 한결 편하다

떠나야 할 것은
모두 다 벗어 버려야
마음이 훨씬 가볍다

밤

밤마다 어둠이 내려
어둠으로
온 세상을 가두려 한다

밤이 세상을 가두면
어둠의 두께만큼
불행이 가득하다

밤에는 별들이
밝게 익어 가며 빛난다

어둠 속에 갇힌 것들이
아침이 오기까지 잠들었다

나 홀로
잠 못 드는 줄 알았더니
잠들지 못하는 것이 많다

나를 아십니까

나를 아십니까
내 마음을 진정 아십니까
당신을 사랑하는 나를 아십니까

당신이 내 삶의 이유이며 목적이며
내 삶의 모든 것이고 전부입니다

내 마음은 당신을 사랑하는 마음이
너무나 가득해 당장이라도
가슴이 터질 것 같습니다

당신을 사랑합니다
당신과 평생토록 동행하며
행복하게 살고 싶습니다

나를 아십니까
내 마음을 진정 아십니까
아신다면 지금 당장
사랑해 주십시오

사랑의 문이 열리면

사랑의 문이 열리면
외로워하지 말고
어서 빨리 들어오세요
사랑은 사랑하는 사람들만의
사랑 이야기를 만들어 줍니다

살면서 살아가면서 사랑 이야기보다
더 아름다운 이야기가 있을까요
사랑의 문이 열리면
쓸쓸해하지 말고
어서 빨리 들어오세요

사랑은 사랑하는 이끼리 통하는
사랑 이야기를 만들어 줍니다
떠나고 사라지는 세월 속에서
우리가 서로 사랑할 수 있다면
이보다 더 아름다운 삶이 있겠습니까

비 내리는 날

잔잔하게 비 내리는 날
거리를 함께 걸으며
우산 속에서 정겹게 이야기를
나누던 날이 생각납니다

비가 내리던 날
우리가 함께하는 우산 속에
사랑비가 내려 촉촉하게 마음을 적시면서
도란도란 이야기를 나누며
행복에 폭 젖었습니다

거리를 적시며 내리는 비가
조금도 싫거나 귀찮지 않고
우리를 위해 내리는 비처럼
기분이 좋고 마음마저 젖었습니다

비 내리는 날 창밖을 보며
우리는 한 잔의 커피를 마시며
오래도록 이야기하며
깊은 사랑에 젖었습니다

하늘 구름

하늘 구름은 비늘구름 새털구름
양떼구름 뭉게구름 먹구름 등 여러 가지다

하늘에 떠 있는 다양한 구름은
바라보기도 좋아 많은 사람에게
사랑받지만 먹구름은 짓궂은 개구쟁이다

하늘에 먹구름이 사방에서 몰려오면
비가 내리고 쏟아진다
푸르고 맑은 하늘에 여러 가지 구름이
그림처럼 아름답게 떠 있는 것도 좋다

먹구름이 떠서 온 세상에 비가 내려야
가물지 않고 목마르지 않다

마땅히 먹구름도 사람들에게
사랑을 듬뿍 받아야 할 고마운 구름이다
인생의 먹구름도 사라지고 웃을 날이 온다

숲은

숲은 고요 속에서
나무들의 기나긴 여정 중에
숲의 이야기를 만들고 있다

숲의 나무들은 비바람 불지 않고
눈보라 치지 않고 새들의 울음과
물 흐르는 소리가 없으면
고요 속에 침묵 속에
꾸준히 쉼도 없이 말없이 성장한다

숲의 나무들은 가끔 반란을 일으키는
넝쿨나무들의 침범이 아니면
서로 일정한 거리를 지키며 서 있다

숲의 나무들은 땅속에 깊숙이 뿌리 내리고
올곧게 하늘을 향하여 자라나고
숲은 나무들이 만들어 놓은
아름다운 자연 풍경 속의 명작이다

그립다

그립다 몹시 그립다
그리움이 걸어가는 길이
끝이 없다

오랫동안 만나지 못해서
오랫동안 볼 수가 없어
그리움을 놓을 수가 없어
터질 듯한 그리움에
속 시원하게 보고 싶다

그립다 너무 그립다
그리움에 기다림이 끝이 없다

다시는 못 만날 것 같아서
점점 더 멀어져 가서
그리움마저 놓아야 할까 걱정이다
그리움을 풀어 놓고
마음 편하게 보고 싶다

한밤중

까만 하늘에 하얀 달빛 사이로
벚꽃이 환장하게 피어나는
봄날 밤에는 마음이 자꾸 흔들린다

한세상 살면서 이 좋은 봄날
활짝 핀 꽃들을 볼 수 있음이
얼마나 행복한가

흰색의 아름다움을
마음껏 펼쳐 보이는
벚꽃을 바라보며 커피를 마신다

행복을 원하는 사람들아
즐겁게 살기를 원하는 사람들아
뛰쳐나와 화창하게 핀
벚꽃을 마음껏 바라보라
삶을 신명 나게 살고 싶지 않은가

삶의 행간

삶의 행간에
기쁨과 즐거움이 모여
행복을 만들게 하자

서로 잘 맞는 마음에 좋아하고
서로 잘 어울리는 모습에 기뻐하며
사랑이 곰삭아 열매를 맺도록
감동이 넘치는 삶을 살아가자

삶의 행간에
여유와 인내가 모여
넉넉하고 푸근한 마음을 만들자

서로 축복해 주는 마음에 감사하고
서로 기다려 주는 마음에 고마워하며
사랑이 계절 따라 열매를 맺도록
인생의 맛을 즐기며 살아가자

산이 보이는 카페에서

산은 계절 따라
자기 모습을 바꾸며 살고
봄날에는 온갖 꽃을 피워내며
몸매를 자랑한다

여름에는 초록빛 젊음과
열정을 마음껏 발휘하고 쏟아낸다
가을에는 못다 이룬 사랑을
불태우고 싶어 온 산을
단풍으로 물들인다
겨울에는 앙상한 가지만
남은 모습을 보이기 싫어
때때로 눈꽃을 피워 놓는다

변화무쌍하게 살아왔다는데
모든 것이 사라지고
모든 것이 멀어져 가는데
고립감과 궁색함에 손이 떨릴 때
커피 한 잔의 작은 행복들을
다시 찾아내어 가슴에 새겨 놓고 싶다

비가 내리는 날

사랑하는 사람이 발길을 돌렸는지
하늘마저 슬퍼 비가 내리는 날
억수같이 쏟아져 내리는
빗발을 바라보며 커피를 마신다

하늘이 뚫어진 것은 아닐까
무슨 한이 그리도 많기에
온 세상이 다 떠내려가도록
비가 쏟아질까

강해져 가는 빗줄기에
내 마음속 가득한
삶의 찌꺼기들도 모두 다
시원하게 씻겨 나가는 기분이다

비가 내리는 날
갈증이 더 심해져서
목을 적셔 주기 위하여
한 잔의 커피를 마신다

빗속을 뚫고 가는 차 안에서

하늘이 구멍이라도 뚫렸을까
이러다가 큰일 나지 걱정될 정도로
큰비가 쏟아져 내린다

차창 밖을 내다볼 수 없고
차가 나갈 수 없을 정도로
억수 같은 비가 내린다
이러다가 차도 떠내려가는 것은 아닐까

산다는 것이 때로는 위험천만한 일이다
걱정 근심을 하다가
차 뒷자리에서 캔 커피를 마신다
별일 있을까 스스로 위로하며
삶의 의미를 부여하면
모든 것이 새롭게 다가온다

그래도 삶은 살만한 거야
때때로 재미있고 신나는 일도 많이 있잖아
삶을 삶답게 살려면 모든 것을 잊어야 해
빗소리를 들으며 차 안에서 커피를 마시며
마음을 도닥거려 본다

유리창

유리창 하나 사이로
안과 밖이
서로 다른 세상이었다

유리창으로
보인다고 다 알 수 없는
세상이다

소리가 들리지 않으면
관심 가지지 않으면
전혀 알 수 없는 세상이다

유리창 하나 사이로
안과 밖이
서로 다른 벽이 있다

마음껏

사람들은 누구나 부족을 느끼고
늘 아쉬움으로 살아간다

살면서 마음껏 하고 싶은 대로 살 수 있다면
기분 좋고 행복할 것으로 생각한다

이 세상을 자기 마음대로 살아서
행복한 사람이 얼마나 될까
내 마음대로 마음껏 살면
누군가는 그만큼 불행한 것은 아닐까

돈 많은 부자는 부자대로
돈 없는 가난한 사람은 가난한 대로
마음껏 하지 못하는 것이 있다

자기 마음대로 원하는 대로
마음껏 사는 것도 좋을 테지만
주어진 것에 감사하며 사는 것이 행복이다
삶이 짧기에 즐거운 상상 속에 살기 원한다

봄비를 좋아하십니까

당신

당신이기에
당신이라서 사랑하고 싶습니다

세상의 수많은 사람 중에
내 마음에 꼭 드는 사람은
당신입니다

내가 만나 본 사람 중에
나를 인정해 준 사람이
당신입니다

내가 아는 사람 중에
꿈과 사랑을 같이
이루어 가고 싶은 사람이
당신입니다

나의 삶에 찾아온 당신이기에
너무 좋은 당신이라서
사랑을 하고 싶습니다

참 오랜만이다

참 오랜만이다
너를 꼭 만나고 싶었는데
이렇게 우연히 만날 줄 몰랐다

반가워 가슴이 아프고
눈물이 쏟아진다

너를 못 만났을 때는
세상이 넓기만 해 야속했는데
너를 만나니 이리도 가까이 있구나

오늘 만나고 헤어지면
언제 우리 다시 만날까
우리 떠나기 전에
아름다운 추억을 만들고 헤어지자

매미

매미는 매년
무더운 여름 찾아와
나무를 붙잡고
왜 목 놓아 통곡하며
울고 있을까

여름 내내 수컷 매미는
구애의 한 맺힌 울음을 울다
단 한 번의 사랑에 지치면
맥없이 떨어져 죽는다

한여름 울다가
떠나는 삶
매미의 울음이
처량하다

미련이 남을 때

시간은 휴식도 없이 흘러가고
세월도 떠나가고 흘러가
추억의 마을에 살고 있다

지난날들이 떠나가
잊어버린 줄 알았더니
기억 속에
추억 속에
옛이야기로 남아 있다

미련이 남을 때
그리움이 남을 때
추억의 마을에서
옛이야기를 만나 본다

해돋이

이른 아침 동쪽에서
해가 고개를 내밀어
해돋이 하면
어둠이 달아난다

밤새 어둠에 갇혔던
세상에는 어둠이
금방 사라지고
빛으로 가득하다

찬란한 빛 가운데
하루 시작하는 아침에
이 세상 모든 것은
꿈과 희망과 기대가
가슴에 가득하다

고독한 눈물

고독한 눈물을 흘릴 줄 알아야
값있는 인생을 살아간다

아 세상의 어떠한 것도
아픔과 고통 없이
거저 공짜로 이루어지는 것은 없다

모두 대가를 강력하게 요구하고
소중한 것일수록 그것을 얻으려면
피눈물이 없이 이룬 것은 없다

혹독한 대가를 치러야
모든 절망은 뒤로 물러가고
원하는 것들을 성취한다

즐겁고 기쁘고 행복한 삶을
진정으로 살기를 원한다면
고독한 눈물도 흘릴 줄 알아야 한다

목련

누가 하얀 천을 잘라서
목련꽃을 만들어 꽃 피웠을까

꿈에서 본 듯한
아름다운 여인이 눈앞에 서 있다

목련꽃을 바라보면
얼마나 예쁜가
얼마나 아름다운가
사랑하고 싶은 마음에 심장이 뛴다

봄이면 만나는 목련꽃 여인
사시사철 사랑하며
같이 살았으면 좋겠다

목련꽃을 바라보면
얼마나 좋은가
얼마나 행복한가
사랑하고 싶은 마음에 설렌다

세상 살면서

세상 살면서
가슴 터지게 슬퍼서
가슴 조이게 아파서
통곡한 적 있다면
모질고 뼈아프게 살아온 삶이다

마음을 쏟아내어
울어봐야 인생의 참맛을
아는 것이 아닐까
속을 쏟아내어 통곡해 보아야
삶에 애착이 가는 것이 아닐까

눈물을 흘리며
살아야 한다는 것은
삶이 평탄하지 않아
슬프고 슬픈 일이다

새벽 1

새벽의 문을 누가 열어 놓았을까
태양의 빛이 어둠을 몰아내고
문을 열기 전에는
어둠이 가득한 벽이었다

밝은 햇살이
새벽의 문을 열기 전에는
어둠이 지배하는 세상이었다

새벽의 문을 빛이 열면
아침이 찾아오고
새로운 희망의 하루가 시작한다

아침 햇살이 퍼지면
싱싱한 기운이 돌기 시작하고
사람들은 발 빠르게 일을 시작한다

새벽 2

이른 새벽에 어둠이 서둘러
떠나는 발자국소리가 들린다
빛에 허둥지둥 쫓기는
한순간에 사라지기 시작하는
어둠이 달아나는 소리가 들린다

밤새 어둠 속에 모든 것을 가두고
짓누르고 지배하던 어둠의 세력이
모든 것을 포기하고 뒤돌아 보지 않고 떠난다

새벽에 찾아온 빛이
어둠 속에 잠들었던 세상을 깨운다
빛이 얼마나 강한가
빛이 얼마나 위대한가
아무도 어찌할 수 없는
어둠을 내쫓는 빛이 힘이 얼마나 놀라운가

새벽 또 새로운 하루를 위한
빛의 심장이 살아서 고동치며
위대한 하루의 시작을 알린다
태양이 떠오르며
새로운 하루가 새롭게 태어나고 있다

아침

어둠 속의 하늘에 촘촘하게 박혀
빛나던 별들도 아침이 오면 사라진다

동쪽에서 해가 떠오를 때
찬란한 빛과 함께 온다
아침은 어둠을 품고 있다
새롭게 찾아오기에
떠오르는 해가 밝게 빛난다

아침은 하루를 넉넉하게 살아갈
새롭고 강한 힘을 갖고 찾아온다

아침마다 기분 좋게 긍정적으로
시작하는 사람은 삶이 새롭게 달라진다

해를 닮아 표정이 밝아지고
해의 열기와 기운을 받아 생기가 돌고
힘차게 웃으며 일하는 사람은
내일도 밝고 화창하다

살아 있는 강물은 흘러간다

엄동설한 강추위에 꽁꽁 언 강물이
다시 흐르는 날을 기다리며
생명의 숨소리를 멈추지 않는다

얼음 속 저 밑에서 얼지 않고
살아서 숨 쉬는 물이 흐르고 있다

강물이 흘러가야 강이다
강물이 멈추면 강이 아니다

엄동설한에 꽁꽁 얼어버린 강물도
잠시 때를 기다리고 있을 뿐이다

봄이 와 얼음이 녹아 강물이 흘러가면
지금 얼어 있는 강물을 다시 볼 수 없다
살아 있는 강물은 흘러간다

가슴 벅찬 날

기분 좋은 일로 가슴 벅찬 날
행복한 마음에 발걸음도 가벼워지고
무거운 짐도 사라져
홀가분한 마음에 날아갈 듯 행복하다

삶이란 이런 기분에
사는 것이 아닐까
삶이란 이런 날을
기대하며 사는 것이 아닐까

삶 속에서 간간이
기대 이상으로 좋은 일이 일어난다면
살맛이 날 것이다

삶 속에서 때마다
희망하던 것들이 결실로 이루어진다면
기쁨과 보람이 넘칠 것이다

내 마음에 떠오르는 그대

외로움이 찾아올 때면
그리움이 엄습할 때면
어김없이 약속이라도 한 듯
내 마음에 떠오르는 그대

목메인 그리움에 사로잡혀
만나고 싶고 붙잡고 싶고
같이 있고 싶고 함께 살고 싶다

멀리 떨어져 있는 아쉬움
보고 싶어도 볼 수 없는 그리움에
내 마음에 그대를 떠오르게 한다

어쩌면 좋으냐 이리도 그리운데
어쩌면 좋으냐 이리도 보고픈데

내 마음에 떠오르는 그대
지금 당장이라도
달려가 만나고 싶다

뜻밖에

뜻밖에 신나는 일이 생기면
네가 제일 먼저 생각날 것 같다
너와 같이 기뻐할 수 있다면
얼마나 좋았을까
하는 생각이 머릿속에 가득하다

살다 보면 살아가다 보면
예상하지 못했던 즐거운 일이 일어날 때
너와 함께할 수 있었다면
얼마나 좋았을까
하는 마음이 가득하다

너와 나는 언제나
기쁜 일이나 슬픈 일이나
언제나 함께할 수 있는
사이가 되었으면 좋겠다

우리는
서로 사랑하고 있으니까

아직도

아직도 그리움이 남아 있어
사랑의 여운이 가슴에 살아 있습니다

혹시 나를 영영 지우고
잊어버리시지 않으셨다면
나에게로 다시 찾아와 주십시오

그동안 흘러간 세월 동안
그리워도 사랑하고 싶어도
사랑할 수 없었던 순간들을
다시 회복하고 싶습니다

아직도 나를 사랑하신다면
어서 빨리 발길을 들려
나에게로 다시 찾아와 주십시오

우리가 사랑할 시간이
아직도 남아 있습니다

좋아하는 사람

사람과 사람 사이에
아무 이유 없이
아무 까닭 없이
마음 심쿵하게 좋아하는 사람 있을까

성큼성큼 다가와
잔잔한 마음의 자락을 통째로
흔들어 놓았기에 좋아하기 시작했다

사람과 사람이 만나
아무 생각 없이
아무 마음 없이
가슴 떨리게 좋아하는 사람 있을까

뚜벅뚜벅 다가와
고요하던 마음의 가지를
마구 흔들어 놓았기에 전부 다
흔들어 놓았기에 좋아하기 시작했다

구름 뜬 날

구름 뜬 날
달은 심심하지 않다

하늘에서 구름과 함께
숨바꼭질을 계속한다

구름이 다 사라질 때까지
숨었다 나왔다 반복하며
밤하늘의 달은
어느새
숨바꼭질의 명수가 되었다

맨발로 걸으면

신발과 양말을 벗고
맨발로 천천히 걸으면 마음이 홀가분해지고
세속에 찌들고 무거웠던 마음도
비워져 가고 가벼워지고
맨발로 흙길을 걸으면 몸 안의 피로와
우울증이 사라지고 새로운 힘이 가득하다

부드러운 흙길을 걸을 때와 돌길을 걸을 때
맨발에 느껴지는 감촉이 다르다
부드러운 흙길은 흙과 교감하듯 편안하지만
거친 돌길은 부딪치고 불편함을 준다

맨발로 걸을 때 발바닥 느낌이 길 따라 다르듯이
사람도 어떻게 대하느냐에 따라 달라진다

흙 향기 풀 향기 나무 향기 맡으며
바람을 가슴으로 받아들이며
맨발 편하게 흙길을 걷는 것이 좋듯이
사람과 사람 사이도 서로 편한 것이 좋다

맨발이 되는 것은

쉬고 싶을 때
홀가분해지고 싶을 때
자유롭고 싶을 때 맨발이 된다

맨발이 되고 싶은 것은
갇힌 듯한 답답함에서 벗어나
편하고 가볍기 때문이다

숲길을 걸을 때
맨발로 걷는 것은
편안한 마음으로
가볍게 걸을 수 있기 때문이다

춤출 때도 노래 부를 때도
맨발이 되는 자유를
표현하고 싶기 때문이다

맨발이 되는 것은 태어날 때
본래 순수한 모습으로
돌아가는 것이다

꽃들의 색깔

하늘에서 쏟아지는 햇살도
하늘에서 내리는 비도
아무 색깔 없이 맑고 투명하다

햇살과 비를 맞은 꽃과 나무들은
다양한 색깔로 꽃을 피워 낸다

빨간 꽃 하얀 꽃 노란 꽃 주황 꽃
참으로 신기하고 신비롭다

하늘의 햇살과 비를 맞은
풀과 나무들이 다양한 마술을 부리나 보다

마술에 빠진 나무와 풀들이
다양한 색깔의 꽃들을 피워 낸다
아름다운 색깔의 꽃들을 피워 낸다

나도 꽃을 보면 마술에 걸리듯
아름다운 꽃을 사랑하게 된다

거울

거울은 가까이 다가오는 것만
본래 있는 그대로 모습을 보여 준다

거울은 한 번도 비친 모습을
다른 것으로 바꾸어 놓지 않았다

거울은 한 번도 비친 모습을
딴 것으로 가려 놓지 않았다

거울은 한 번도 비친 모습을
숨기거나 변하게 보여 주지 않았다

거울은 언제나 솔직하게 거짓 없이
진실하게 있는 그대로 모습을
언제나 정직하게 보여 준다

사람들도 스스로 마음의 거울에
자기의 모습을 비추고 산다면
진실하게 솔직하게 정직하게
거짓 하나 없이 살아갈 수 있다

떠돌던 슬픔

시간 밖에서 떠돌아다니던 생각
떠돌던 슬픔이
왜 나를 찾아와 슬프게 만들까

슬픔이 사람의 마음을 아프게 하고
괴롭게 하고 고통스럽게 만든다

슬픔이 없는 세상은 없을까
누구나 슬프지 않은
행복한 세상은 없을까

속절없이 흘러가는 세월 속에
나부터 슬픔을 주지 말고
행복을 주며 살아가자

한 사람 한 사람 서로서로
행복을 주고 나누다 보면
슬픔은 적어지고 줄어든다

밑바닥부터 달라지고
행복이 늘어나고 커가는
싱싱한 미래가 될 것이다

비 오는 날

비 오는 날
풀과 나무들은 우산을 쓰지 않고
반가운 친구라도 온 듯
오는 비를 마다하지 않고 그대로 맞는다

하늘에서 내리는 비에
촉촉이 젖어 들어 온몸을 씻고
목마름까지 깨끗이 잊어 버리고
비를 흠뻑 맞고 돋아나는 힘을 느낀다

비 오는 날
우산이 없어서
풀과 나무들처럼 비를 맞으면
온몸이 흠뻑 비에 젖어 들면
마음이 홀가분하고 편하다

촉촉이 젖어 드는 빗물에
비와 하나가 되어 폭 젖어 든다

쏟아져 내리는 비를 흠뻑 맞으면
풀과 나무처럼 싱싱하게 자랄 것 같다

내 마음의 길

내 마음의 길을 따라가면
늘 그리워하던 너를 만날 수 있다

내가 마음 문을 열지 않아도
나도 모르는 사이에
내 마음에 들어와 있어
사랑에 빠져 너를 보고 싶을 땐
너를 찾아 마음의 길을 걸어간다

그리움에 푹 빠져 걸어가면 갈수록
너의 웃는 얼굴이 선명하게 다가와
가슴이 미치도록 보고 싶다

견디고 기다리다 너를 만나지 못하면
우리 같이 걷던 그 길을
걸어가 너를 만나러 간다

내 마음의 길에서 만나 그리워하던
너를 사랑하기에 날마다 보고 싶은
너를 만나기 위해
내 마음의 길을 걸어간다

내 마음에도 바다가

내 마음에도 바다가 살고 있다
때로는 성난 파도를 치다가도
때로는 아주 잔잔하다

내 마음의 바다는
내 성깔 따라 파도가 친다

화가 날 때는
거칠게 휘몰아치고
기쁠 때는
잔잔하게 찰랑거린다

내 마음이
온유하고 겸손해야
내 마음의 파도가 잔잔해진다

고독

고독이 나를 불러
선명한 발자국 남기고
걸어 들어가
고독에 빠져 버렸다

고독은
외롭고 쓸쓸한
적막 속에 나를 가둔다

넓은 세상에서
홀로 고아가 된
쓸쓸한 느낌이다

갈 곳도 없이
이 세상과 동떨어져
문이 닫혀 홀로 갇힌 기분이다

고독이 나를 불러
외로움에 빠져 버렸다

길바닥에

길바닥에
남겨 놓은 발자국들이
추억이 되어 남아 있다

떠나온 길
남겨 놓은 발자국들이
그리움이 되어 남아 있다

먼 훗날에

먼 훗날에
오늘이 그리워지도록
아름답게 살아가자

다시는
만날 수 없는 오늘
다시는
찾아오지 않을 오늘

먼 훗날에
오늘이 아름답다 말하도록
여운이 남도록 살아가자

산속의 야생화

산속의 야생화
홀로 피어 외로웠을 텐데
홀로 피어 쓸쓸했을 텐데
여태까지 어찌 살아왔을까

뼛속까지 차오르는 외로움이
천갈래 만갈래 갈라져
가슴에 뭉쳐 들어도

외로움 다 바쳐
꽃 피는 순간이 있어서
여태껏 견디어 왔다

고독을 다 바쳐
다시 꽃 필 날이 있어서
여태껏 견디어 왔다

슬픈 소식

날마다 뉴스에서
슬픈 소식을 새로운 소식이라고 전한다

전쟁이 났다 지진이 났다 난리가 났다
살인이 벌어졌다 죽었다
파괴되었다 넘어지고 쓰러졌다

이 세상에 슬픈 소식은 사라지고
기쁜 소식만 들렸으면 좋겠다

세상에 절망의 소식보다
희망의 소식이 들렸으면 좋겠다

세상에 이별 소식보다
사랑의 소식이 많았으면 좋겠다

이 세상에 다툼 소식보다
화합하는 소리가 많았으면 좋겠다

신발

신발의 추억 속에
걸어온 길이 고스란히 남아 있다

신발은 낡으면 낡을수록
걸어온 길이 더 많이 담겨 있다

신발도 걸어온 여정 속에
늙어가고 낡음으로
떠날 시간을 기다리고 있다

신발도 만나는 사람에 따라
사랑도 받고
천대도 받고
구박도 받는다

신발은 버려질 때까지
아무 말하지 않고 묵묵히
가야 할 길을 걸어가고 있다

조팝나무

봄날 조팝나무
하얀 꽃이 눈부신
햇살 아래 무척 아름답다

하얀색 하나만으로도
꽃의 어여쁨을
마음껏 표현하며
꽃 필 수 있으니
얼마나 아름다운가

햇빛 물들이는 봄날에 피어난
하얀 조팝나무꽃
하얀 꽃 하나만으로도
곱고 깊어
꽃의 아름다움을
온 세상에 마음껏 표현한다

노량진

노량진 우리 동네는 내가 1952년 2월 12일 태어난 곳이며
대장간이 있고 조금 올라가면 사육신 묘지가 있었다
조금 내려가면 내가 졸업한 노량진 초등학교가 있고
사육신 묘지 지나가면 한강이 있고
멀지 않은 곳에 관악산이 있다

전쟁 끝난 지 얼마 되지 않아 상이군인들이 많았고
거지들도 많고 정신이상자들도 거리에 많이 돌아다녔다
동네마다 성황당이 있고 무당이 굿을 하는 집도 많았다

가난했던 시절 아이들은 한강에서
강냉이죽 배급을 받고 어머니들은 한강에서 빨래했고
동네 사람들은 정 많고 늘 함께하고 서로 나누며 살았다

동네 아이들은 저녁 늦게까지 시간 가는 줄 모르고
골목을 돌아가며 놀기 좋아했다
연을 날리고 팽이를 치고 논에서 썰매를 타며 즐겁게 놀았다

내 어린 시절의 추억이 고스란히 남아 있는 노량진
내가 살던 곳 지금도 지나갈 때면
어린 시절 친구들이 추억 속에서 어서 오라 부르며 뛰놀고 있다

하늘

하늘의 크기는 아무도 모른다
하늘은 어디가 시작이고
하늘은 어디가 끝인지 아무도 모른다
하늘은 영원하다

땅은 제한되어 있으나
하늘 위의 하늘이 있는 하늘은 끝이 없다
하늘을 아무도 함부로 어찌할 수가 없다

하늘은 텅 빈 듯한데
별이 뜨고 해가 뜨고
달이 뜨고 구름이 오고 간다

하늘의 푸른빛은
눈 비가 오는 날이 아니면
언제나 푸르게 빛난다

하늘은 언제나 변함없이 존재한다
아무도 함부로 범접할 수 없는
신비로운 하늘이다

막걸리 한 잔

밤바다 노동에 지친 술꾼들이
쌀로 빚어 만든 막걸리 한 잔에
삶의 넋두리와 푸념과 한숨과
하루의 피로를 담아 함께 마신다

막걸리 한 잔 걸쭉한 맛에
삶의 맛을 다시 느끼며
웃어도 보고 울어도 보고
하소연도 하고 한탄도 한다

아무리 힘들고 피곤해도
막걸리 한 잔의 위로가 있으니
살맛을 느끼며 내일을 기대해 본다

한 잔 두 잔 마시는 막걸리에 취해
집으로 가는 발걸음이 비틀거려도
가족을 위하여 이루고 싶은 꿈은
가슴에 꿋꿋하게 담겨 있다

다시 한번 보고픈 사람

세월이 흘러가도 잊을 수 없어
다시 한번 보고픈 사람
언제 어디서든지 만나고 싶다

살아가며 만난 사람 중에
지워지지 않는 흔적으로 남아
어찌 살고 있나 궁금해
꼭 다시 한번 만나고 싶다

한순간 스쳐 간 감정이었지만
진한 미련이 남아
문득문득 생각이 나
멀리서라도 꼭 한번 보고 싶다

머무를 수 없어 떠나가야 하는 삶
삶이 영영 떠나기 전에
좋은 인상이 가슴에
진한 미련으로 남아
다시 한번 보고픈 사람이 있다

인생 절벽

인생 절벽 앞에 서서
막막하고 두려운 무서움이 한꺼번에 몰려 왔다
어떻게 살아가야지 어떻게 헤쳐 나가지
힘이 쏙 나가 버려 심장 고동조차 더디게 뛰고
두 다리가 풀리고 새가 쪼아대듯
골머리가 터지도록 아팠다

나를 바라보는 시선이 사라지고 외면하는 눈빛들이다
나를 찾아오는 발길이 뚝 끊어지고
소식 전하는 사람조차 없다
포기하려다 자식을 보고 아내를 보니 안쓰럽고
안타까워 억지로라도 이겨 내며 살고 싶었다

인생 절벽에 서서 이겨내자 벗어나자 다시 해보자
두 주먹을 쥐고 입술을 앙물었다
죽자 살자 매달리고 뛰고 또 뛰어나갔다

인생 절벽이 낮아지기 시작했다
거친 언덕들이 사라지고 평지가 보이기 시작했다
그때 내 입술이 말했다
"나에게도 이런 날이 오는구나!"

호박꽃

호박꽃은
마음 착한 여자를 닮았다

꽃은 그리 아름답지 않아도
은근히 눈길이 가고
정이 가는 걸 보면
호박꽃 마음씨가 착한 모양이다

호박꽃은 성내지 않고
늘 은은한 웃음으로 반겨 준다

내 아내는 예쁜데
마음은 호박꽃을 닮았는지
은은한 웃음과 정이 참 많다

수선화

내 사랑을 받아 주세요
이토록 아름답게 피어난 것은
당신의 사랑을 받고 싶기 때문입니다

아름다운 꽃 수선화 향기가
가슴을 파고들지 않나요
빛나도록 아름답게 피어난 꽃이
정말 아름답지 않나요

내 사랑을 받아 주세요
꽃 피어 있는 날이 그리 길지 않아요
내 사랑을 지금 받아 주지 않으면
또다시 꽃 필 때까지
오랜 시간을 기다려야 해요

당신이 그리워 또다시
외로움이 밀려오면 어찌하나요
내 사랑을 외면하지 마세요

당신의 사랑을 받기 위해 피어난
아름다운 꽃 수선화입니다

벌레 울음

벌레들도 뭔지 모르고
세상에 나와
삶이 고달파 우는구나

짧고 짧은 삶
너무나 서럽고 한스러워
신세 한탄하며
날마다 울며불며 사는구나

바닷가를 걸어 보셨습니까

바닷가를 걸어 보셨습니까
파도 소리가 귓속까지 정화해 주고
마음이 편안해집니다

발끝에 닿는 모래사장에서
바다를 가까이 느끼며 걸을 수 있어
기분이 한결 좋아집니다

바닷가를 걸어 보셨습니까
바닷바람이 불어와 온몸을 시원하게 하고
마음이 가벼워지고 따뜻해집니다

파도 소리에 고민거리 걱정거리가
깨끗하게 씻겨 나가고
바닷길을 걸을수록 다정해지고
파도 소리에 모든 것을 잊어버립니다

바닷길을 걸으면 걸을수록
바다의 푸른 색깔이 가슴에 물들어
바다 사랑에 빠지고 맙니다

오래된 숲길

오래된 숲길은
처음 발길을 내디디면
숲속의 정령이 낯설어서인지
밀어내는 듯 움직이는 기운을 느낀다

지난 세월이 우거진 숲이 되고
흘러간 세월이 나무 굵기가 된
오래된 숲길은
걸으면 걸을수록 신선한 느낌이 든다

오래된 숲길은
오래된 숲길에서 느끼는
숲의 기운이 온몸을 감돌아
어딘지 모르게 삶의 느낌이 새로워진다

오래된 숲길을 걸을 수 있는 것은
살아가며 만나는 축복이며
살아갈 힘이다

나는 혼자가 아니다

힘들고 외로울 때 주위를 돌아보라
나는 혼자가 아니다
마음을 새롭게 가져보라
세상의 모든 것이 우리와 함께한다

하늘에 구름도
나 때문에 뜨고 진다고 생각해 보라
해도 달도 별도
나 때문에 뜨고 진다고 생각해 보라
나무도 풀도
나 때문에 자란다고 생각해 보라
꽃도 열매도
나 때문에 피고 열린다고 생각해 보라

나는 결코 혼자가 아니다
용기를 내고 힘을 내라
좀 더 강하게 담대하게 살아가라
이 세상의 모든 것이 나와 함께한다

초롱꽃

초롱꽃 피워
누가 오는 길
밝혀주고 싶었을까

밤낮으로
초롱불 밝히고 있는 걸 보면
몹시 그리웠나 보다

초롱꽃 질 때까지도
아무도 찾아오지 않는 걸 보면
초롱꽃 혼자 그리워
초롱불 밝히며 기다렸나 보다

철쭉꽃

목련꽃 떠나가고 산수유꽃 떠나가고
개나리꽃 벚꽃도 떨어진 후에
철쭉꽃 때를 만난 듯
붉은 빛깔을 드러내며 활짝 피어난다

목련꽃 같은 고귀함도 없고
산수유 같은 은은함도 없고
벚꽃 매화꽃 같은 화려하고 찬란함은 없으나
소박한 철쭉꽃은 철쭉꽃대로
봄꽃의 아름다움을 꽃 피워 낸다

철쭉꽃은 행사장을 위한 꽃이라도 된 듯
봄을 축하하며 무리 지어 피어나
꽃길 따라 걷는 사람들이 행복하게 웃는다

철쭉꽃은 봄이 떠나기 전에
봄꽃의 아름다움과 멋을
마음껏 선사해 주려고 피어나는 꽃이다

철쭉꽃도 봄을 선물하러 온 봄 손님이니
두 손 들고 두 팔 올려
반갑게 맞이해야겠다

넓은 하늘

넓은 하늘이
세상을 품 안에 안고 있다

하늘이 바라보는 곳에서
아무도 떠날 수 없다

넓은 하늘의 사랑에서
아무도 떠날 수 없다

넓은 하늘은 넓은 마음
사랑이 크고 크다

행복한 순간

행복한 순간이 얼마나 좋은가
그 무엇과도 바꿀 수 없는
행복한 시간이기에
삶에서 가장 소중하다

얼마나 많은 사람이
행복한 순간들을 만들기를 원하고
행복한 순간들이 찾아오기를 바라며
얼마나 열심히 살아가는가

행복한 순간이 얼마나 좋은가
행복이 주는 기쁨과 감동과
감탄과 평안은 가치를 말할 수 없도록
너무나 소중하고 귀하다

수많은 사람이 날마다
행복한 순간을 만들기 위하여
피땀 눈물을 흘려 가며
최선을 다하며 살아가고 있다

밤꽃

밤꽃 활짝 피어나
사내 냄새가 사방에 퍼져 나가면
혼자된 여인의 마음이
자꾸만 흔들린다

밤꽃 향기 진한
오늘 밤에
큰일이 날 것만 같다

사내 그리운 외로운 마음
도저히 어쩔 수 없어
혼자된 여인
바람 나
집을 떠날 것 같다

인생의 답

인생의 답은
흘러가는 세월을
무작정 기다린다고
찾아오는 것이 아니다

인생의 답은
자기 스스로
만들어 가는 것이다

초록 숲길

초록 숲길을
걸으면 걸을수록
마음이 초록으로
아주 짙게 물든다

초록 숲길에는
햇살과 비를 마음껏 먹는
나무들의 싱싱한 초록이
햇살 아래 아주 선명하다

초록으로 물들며
걸어가는 숲길
마음에 평안이 찾아온다

초록 숲길을
걸으면 걸을수록
마음이 참 편안하다

우리들의 시간

우리들의 시간도 왔다가 금방 떠납니다
하고 싶은 일이 있으면
어서 빨리 시작해야 합니다

떠나 버린 후에 후회하지 말고
떠나 버린 후에 안타까워하지 말고
하기를 원하는 일이 있으면
어서 빨리 시작해야 합니다

지금 이순간은
다시 찾아오지 않습니다
우리들의 시간도
머물 수 없어 금방 떠나고 맙니다
꼭 해야 할 일이 있다면
지금 곧 시작해야 합니다

떠나버린 후에 통곡하지 말고
떠나버린 후에 한탄하지 말고

꼭 해야 할 일이 있다면
어서 빨리 시작해야 합니다

하늘길

하늘에는
별들이 사는 마을이 있다

수많은 별이 옹기종기 모여
빛을 발하며 살고 있다

어느 날인가
별들이 하늘로 걸어간 길
하늘길을 알고 싶다

별들이 걸어간
하늘의 길이 어디인지
몹시 궁금하다

나비의 삶

나비의 삶
얼마나
홀가분하고 가볍고 편안한 삶인가

하늘을 날아가다 머무는 곳이 쉼터요
머물다 잠드는 곳이 집이니
남부러울 것이 하나도 없다

아름다운 꽃 찾아다니며
향기롭고 달콤한 꿀이 음식이니
먹을 것 걱정할 필요 없다

나의 삶은
소유할 것도 짐도 없으니
언제나 홀가분하게
가벼운 마음으로 훌쩍 떠나면 된다

나비의 삶처럼
아무것도 가진 것 없이
천하를 다 누릴 수 있으니
얼마나 축복받은 삶인가

나는 시를 쓰는 시인입니다

나는 시를 쓰는 시인입니다
나는 항상 시를 쓰고 싶은 마음이 차고 넘칩니다

시의 힘이 펄펄 살아나는 시
누구나 일상에서 쉽게 읽어도 좋을
시를 쓰고 싶습니다

사람들이 좋아하는 시
사람들이 감동하는 시
사람들이 보고 읽고 가슴에 담고
누군가에게 전해 주고 싶은 시를 쓰고 싶습니다

날마다 생명력 넘치는 시를 쓰고 싶습니다
어디에 적어 놓고 싶고 마음에 담고 싶고
잊을 수 없는 시를 쓰고 싶습니다

살아가면서 언제 어디서나 읽어도 좋은 시
삶에 활력을 주고 생동감을 주고
사랑하고 싶고 마음에 편안함을 주는 시
살아감에 힘이 되어주는 시를 쓰고 싶습니다

나는 시를 쓰는 시인입니다

이런 시를 쓰고 싶다

이런 시를 쓰고 싶다
들판의 풀처럼 소리 없이
널리 퍼져 나가는 시를 쓰고 싶다

하늘에서 내리는 비처럼
메마른 세상을 촉촉하게 적셔 주는
싱그러운 시를 쓰고 싶다

불어오는 바람처럼 어디든 불어가는
가슴을 시원하게 해 주는
바람 같은 시를 쓰고 싶다

이런 시를 쓰고 싶다
바다의 파도처럼 거세게 몰아치는
살아 있는 생명의 시를 쓰고 싶다

하늘에서 쏟아지는 햇살처럼
사람들의 마음을 따뜻하게 해 주는
정다운 시를 쓰고 싶다

나무처럼 온 세상에
아름답게 우뚝 서 있는
초록의 생명 시를 쓰고 싶다

정이 그리운 날

살다 보면 정이 그립다

내 마음 간질이며
이파리 돋우는
그리움을 연으로 띄우고 싶다

그칠 줄 모르는
기다림에 묶인 듯 죽치고
세월의 흐름도 모르고
기다리고 있다

마냥 기다리고 있으면
어느 날 찾아와
따뜻한 정 쏙 넣어 줄까

비둘기

비둘기 한 마리
발가락을 어디서 다쳤을까

깨금발 총총 뛰며
먹이를 쪼아 먹고 있다

세상살이 사람만
살기가 고달픈 것이 아니구나

비둘기 너도
살아감이 무척이나
고달프고 힘들구나

미련

다시는 오지 않으려고 멀리 떠나갔는데
이미 멀어지고 말았는데
아쉬운 미련에 가슴 아파하지 말자

못내 감출 수 없다면
떠나가 버렸는데 미련에
안타까워만 하지 말고
아름다운 추억의 한 페이지로 남겨놓자

섭섭한 마음에 미련이 산같이 쌓여도
가슴이 모질게 아파도
떠나갔는데 영영 돌아오지 않는데
안타까움에 마음 아프게 살지 말자

그래도 잊을 수 없다면
멀어져 간 미련에 가슴 아파하지 말고
언제든 펼쳐 보아도 좋을
지난날 추억의 한 페이지로 남겨 놓자

봄비를 좋아하십니까

다 떠나는 인생인데

다 떠나는 인생인데
무엇을 쥐고 놓지 않으려고
욕심내며 발버둥치는가

하늘처럼 높을 것만 같은 권세도
하루아침에 나락으로 떨어져
비참하게 되고 큰소리만 치고 있다네

자신부터 돌아보라
당신의 얼굴이 뭐라 말하는가
똑똑하게 귀담아 들어보라
당신의 마음이 뭐라 말하는가

죽음이 오는 날 얼마나 후회하려고
온갖 못된 짓을 해가며
당당한 척 큰소리치는가

다 떠나는 인생인데
돌아보며 살아가자
살펴보며 살아가자
이해하며 살아가자

착한 양심

악이 번성하고
악이 가득해도
착한 양심으로 살아가자

짙은 어둠 속에
빛이 살아나야 생명이 살아난다

타락하고 변질되어 가는
이 세상 속에서
선한 마음
착한 양심으로 살아야
사람답게 살 수 있다

악은 모양이라도 다 버려라
악을 빨리 떠나라
어두운 세상의 빛이 되자

세상이 악할수록
착한 양심을 지키고
선한 마음으로 살아가자

호박

호박이 배불렀구나
남몰래 한 사랑을
들키고야 말았구나
너를 어쩌면 좋으냐

이리도 하늘이 환하고 밝은데
배를 불쑥 내놓고 있느냐
누가 네가 한 짓을 모르겠느냐
너를 어쩌면 좋으냐

뻐꾸기 울음소리

숲속에서 들리는
뻐꾸기 울음소리 반갑다

숲속을 걷다가
숲속을 울려 퍼지는 뻐꾸기 울음소리
귓속까지 쾌청하게 들리면
마음 가득 행복하다

뻐꾸기는 숲속에서
왜 맑은 목소리로 울며 누구를 부를까

뻐꾸기는 숲속에서
왜 고운 목소리로 울며 누구를 부를까

누군가 그리울 때면
누군가의 이름을 부르고 싶다
누군가 보고 싶을 때면
누군가의 이름을 부르고 싶다

떠나가지 마

너를 어떻게 만났는데
너를 어떻게 사랑했는데
이리 훌쩍 떠나버리면
이 슬픔을 이 아픔을 어찌 감당하는가

떠나가지 마 정말 떠나가지 마
훌쩍 떠나가 버리면 사랑할 수 없다
너를 얼마나 좋아했는데
너를 얼마나 사랑했는데
떠나가지 마 나를 떠나가지 마

이렇게 멀리 정말 떠나버리면
이 절망을 이 비극을 어찌 감당하는가
떠나가지 마 나를 떠나가지 마

이렇게 훌쩍 떠나가 버리면
다시는 너를 사랑할 수 없다
너를 얼마나 좋아했는데
너를 얼마나 사랑했는데
떠나가지 마 나를 떠나가지 마

선한 마음으로 살아가면

선한 마음으로 살아가면
자꾸만 좋은 일이 생겨나 행복하다

눈에 보이는 것이 새롭고
아름답고 신비로워지고
마음으로 다가오는 것들도 아름답다

선한 마음으로 살아가면
이해하고 싶고
용서하고 싶고
감싸주고 싶고
늘 함께하고 싶다

선한 마음으로 살면
마음에 평안이 찾아오고
마음에 기쁨이 찾아오고
마음에 행복이 찾아온다

돌 1

떠날 수 없는 돌은
날마다 절망 속에 산다

돌이 더 절망하는 것은
벽이 되거나
탑이 되거나
성벽이 되는 것이다

이 지독한 절망은
더 이상 오랫동안
떠날 수 없는
가슴 답답한 절망이다

돌 2

꼼짝도 하지 않고
숨 쉬지 않고
말하지 않는다

도대체 무슨
무슨 꿍꿍이가 있는지
아무리 보아도
도무지 알 수가 없다

소풍

인생이란 세월이 흘러가고 보면
잠시 잠깐 왔다가는
소풍이다

정겹게 만났던 사람들도
이별이란 이름으로
죽음이란 이별로 떠나간다

안간힘을 다하여
놓치지 않으려고
손에 꼭 쥐었던 것들도
남김없이 다 놓고 떠나야 한다

다시 돌아올 수도 없으니
아무 미련도 없이
다시 돌아온다는 기약도 없이
잠시 잠깐 왔다가는
소풍이다

당신을 만나러 가는 길

당신을 만나러 가는 길은
늘 기쁨이며 행복이며 사랑이다
나에게 어떻게 이런 좋은 일이 있을까

당신을 만나러 가는 길이 있었기에
나는 일하는 기쁨과
꿈을 이루어 가는 행복과
날마다 삶의 보람을 느끼며 살아간다

당신을 만나러 가는 길은
늘 위안이며 행운이며 기분이 좋다
나에게 주어진 놀라운 축복이다

당신을 사랑하기에
당신이 그리워서
당신이 너무 좋아서
나의 일생에
당신을 만나러 가는 길은
내가 선택한 나의 운명이다

하늘은

하늘은 우리들이 살아가는
이야기를 담아 주고 있다

하늘은 바라보고
듣고 있으면서도
모른 척 말없이 언제까지나
함께하여 주고 있다

하늘은 언제나
그 자리를 지키며
떠나지 않고
변하지 않는 마음으로
늘 항상 곁에 있다

하늘도 낮과 밤과
비구름과 바람에 따라
겉모습이 수없이 바뀌지만
속마음은
푸르게 그대로 살아 있다

갈대

갈대는
알고 있었다
가을이 온다는 것을

갈대는
꽃잎과 온몸을 흔들며
찾아오는 가을을
마음껏 환영하고 싶었다

갈대는
가을바람이 불 때마다
온몸을 흔들며 찾아온 가을을
반갑게 맞이하여 주고 있다

갈대가
꽃 피어 나면
찾아온 가을도 행복하다

홀로된 외로움

빈 들판에 홀로 우뚝 서 있는
한 그루 나무처럼
넓은 세상에서 홀로된 외로움은
심장에 고독이 쌓인다

세상에는 사람이 그리도 많은데
거리마다 쏟아져 나오는 사람들은
구름 떼 같은데 홀로된 외로움은
의지할 곳 없는 막막한 서글픔이다

같이할 사람도 없고
기대여도 좋을 사람도 없고
누군가와 말할 수도 없는
지독한 적막에 갇혀 있다

너무 외로워 마음을 달래려고
숲길을 걷는데 나무들이 어울려 사는
숲길을 걷는 홀로된 외로움에
어느 사이에 찾아온 고독은 주인이 되었다

밥은 먹고 다녀라

흘러간 세월을 못 이기고
다 늙으신 어머니께
소식이 궁금해 전화하면
늘 아들 걱정뿐이시다

"아들아! 아무리 바쁘게 살더라도
밥은 꼭 챙겨 먹어라
건강이 복이다
사람은 밥을 먹어야 밥힘으로 산다"

지금은 돌아가신 어머니
세월이 흘러가 나도 나이가 들어
어머니만큼 늙어 가는데
어머니의 목소리는 귓가에 쟁쟁하게
아주 선명하게 들린다

어둠 속에서

어둠 속에서 어둠만큼 진하고 독한
에스프레소를 마신다

세월이 흐른 만큼
세상사에 친숙할 때도 되었는데
왜 나만 항상 서툴게 살까

그래서 나와 같은 사람들이
밤을 좋아하는 것은 아닐까

어둠 속에 자신을 가리고
한 잔 술에 취해
진실을 가리고 싶은 것은 아닐까

한잔의 커피에 정신이 번쩍 든다
어둠 속에 갇혀 살지는 말아야지
힘이 들수록 빛 가운데 살아야지
힘차게 살아야지

추억으로 남겨 놓고 싶었다

지금 이 순간
만남이 너무 좋아서
잊지 않으려고
추억으로 남겨 놓고 싶었다

너를 만나는
시간이 너무 좋아서
지우지 않으려고
추억으로 남겨 놓고 싶었다

네가 그리우면
추억 속에서
너를 불러
만나고 싶었다

네가 보고프면
추억 속에서
너를 불러
만나고 싶었다

동굴

땅속이 얼마나 궁금했으면
동굴을 파고 들어갔을까

땅속을 살펴보고 측량하고 싶은
궁금증이 얼마나 가득했으면
동굴을 깊이 파고 들어갔을까

보이지 않는 속이
무척이나 알고 싶은
궁금증은 도저히 참을 수가 없다

호수

내 마음이 잔잔해야
당신의 얼굴을
담아 놓을 수 있어요

돌을 던지면
내 마음이 갈라져
당신 얼굴이 사라지고 말아요

돌을 던지지 말아요
당신의 얼굴을
내 마음에 담아 두고 싶어요

마음의 담

마음의 담이 높을수록
고립을 만들어 놓으면
스스로 홀로 갇혀 답답하다

마음의 담이 높으면 높을수록
사이가 더 벌어지고
서로 경계심이 생긴다

서로 마음을 주고받을 수 없고
마음의 담이 높으면
자신도 담 밖을 내다볼 수 없다

마음의 담에 갇혀 살면
고독하게 만들고
쓸쓸하게 만들어
삶이 괴롭다

몽돌 해변

몽돌 해변에 거친 파도가 끝나자
몽돌들의 맨얼굴이
하나씩 하나씩 보인다

몽돌들이 하나같이
순수하고 착하게 보인다

몽돌들이 바다에
씻고 또 씻어 가며
수없이 마음을 닦은 탓인가 보다

내 마음도 씻고 씻으면
바닷가의 몽돌처럼
얼굴이 순수하게 보일까

늙은 사내 얼굴

늙은 사내 얼굴에
살아온 인생이
그대로 그려져 있다

돈이 없는지 돈이 많은지
고생했는지 잘살아왔는지
마치 그림을 잘 그리는
화가가 그려놓은 듯이
고스란히 얼굴에 잘 그려져 있다

늙은 사내 얼굴에
성격과 마음 씀씀이가
그대로 잘 그려져 있다

마음이 넉넉한지 마음이 좁은지
성격이 급한지 성격이 느긋한지
한 폭의 그림처럼 그려놓은 듯이
진실하게 얼굴에 나타나 있다

진실

삶 속에 수많은 변화가 있고
수많은 일들이 닥치지만
그럼에도 언제나 진실은 생생하게
살아 있어야 한다

진실은 소중하고
가치가 있는 고귀한 것이기에
어떤 올가미를 씌워 놓아도
그럼에도 진실은 진실 그대로
언제나 살아 남아야 한다

진실이 떠나면
모든 것이 자리를 비우고 떠난다
진실을 잃으면
모든 것들을 잃고 만다

세상이 변하고 사람이 변하고
모든 것이 다 변하여도
그럼에도 진실은 언제나
진실 그대로 살아 남아야 한다

하루하루

하루하루를 너무 의미 없이 가치 없이
가볍게 여기며 살아가지 마

하루하루는 떠나가 버리면 다시
돌아올 수 없는 인생에서 소중한 날이야

하루하루가 쌓여서
우리의 내일의 모습을 만들어 놓는 거야

하루하루 알차게 보람 있게 보내야
우리들의 삶이 아름다운 거야

하루하루를 허송세월로 보내며
인생을 무가치하게 살아가면
후회와 한탄밖에 남는 것이 없는 거야

어둠

빛이 떠나면 모든 것이
깜깜한 어둠 속에 갇혀 있기에
아무도 모를까 봐
들키지 않을까 봐
딴짓하려고 수작을 부린다

세상이 아무리 어둠 속에 있어도
하늘이 두 눈을 똑똑하게 뜨고
똑바로 보고 있음을 깨달아야 한다
양심을 속이면
불행이 순식간에 찾아올 뿐이다

어둠 속에서도 불을 켜고 밝히려는
진실한 마음가짐이 필요하다

어둠 속에서도
빛 가운데 살아가려는
깨끗하고 순수한 마음이 필요하다

빛

빛이 빛이면
어둠을 몰아내고
어둠을 쫓아낸다

빛이 살아 나면
모든 것들이 선명하고
확실하게 드러난다

빛 가운데 서 있어도
별 부끄러움이 없다면
아주 잘 살아온 삶이다

빛 가운데서 걸어가도
아주 당당하다면
내일의 삶을 멋지게 살 수 있다

거부

나를 거부하는 것들은 모두 다 싫다
가까이 다가오는 것도
아는 척하는 것도
나를 이용하려는 것도 모두 다 싫다

나를 괴롭히고
나를 비판하고
나를 조롱하고
나를 비웃고 미워하는 것들은
모두 다 거부하고 싶다

나를 거부하는 것들은
함께하고 싶지 않고
동행하고 싶지 않고
같이 하고 싶지 않고
거부하는 것들은 보기 싫고 귀찮다

방황

방황에서 떠나야
제자리를 찾아 돌아올 수 있다

방황은 마음이 갈피를 도통 못 잡고
좌로 우로 제멋대로
움직이며 흔들리는 것이다

방황하는 날과
시간을 줄여 나가면
소중하게 사용할 수 있다

삶 속에서 방황하는 날들과
시간이 짧을수록
제자리를 찾아 행복한 삶을
날마다 살아갈 수 있다

늙음

흘러가는 세월 따라 나만 외롭게
늙어버린 줄 알았더니 내가 가진
모든 것들이 나와 함께 늙어가고 있다

서재의 책들이 오랜 세월 동안
빛바래져 가며 흘러간 세월의 흔적이
책마다 고스란히 남아 있다

옷장에 옷들이 하나둘 흘러간 세월 속에
유행 지나 버린 옷이 되어
옷장에서 나올 생각이 전혀 없다

신발장에 오래된 구두들이 나처럼 늙어버려
떠날 날을 이제나저제나 기다리고 있다

세월 따라 나만 늙어버린 줄 알았더니
오래전에 찍은 사진들 졸업장 앨범 친구들
오래전에 사둔 물건들이
나와 함께한 모든 것들이 늙어가고 있다

나를 두고 떠난 그대

나를 두고 떠난 그대
떠나간 그곳에서 정말 행복합니까

나를 사랑한다더니 진정 잊어버렸습니까
나 없이는 못 산다고 그리도 애원하더니
어찌 한순간 사랑했던 마음도 사라지고
허무하게 떠나버리고 말았습니까

내 마음이 이리도 아픈데
그대만 행복하게 살고 있다면
나를 사랑하지 않았다는 말입니까

왜 사랑하지도 않으면서
내 마음을 송두리째 흔들어 놓았습니까
왜 사랑하지도 않으면서
사랑을 불태울 것처럼 다가왔습니까

너무 합니다
너무 잔인합니다
당신이 다시 오지 않을 것을 알기에
아픈 가슴 홀로 안으며 살아가겠습니다

나와 함께 해 주어서 감사합니다

이 모진 세상에서
이 거친 세상에서
나와 함께 해 주어서 감사합니다

당신의 도움이 없었다면
지금의 나는 없었을 것입니다

당신의 배려가 없었다면
지금의 나는 없었을 것입니다

당신의 사랑이 없었다면
지금의 나는 없었을 것입니다

이 삭막한 세상에서
이 굴곡진 세상에서
나에게 도움을 주셔서 감사합니다

당신 덕분으로 지금의 내가 여기 있습니다
당신 덕택으로 지금의 내가 여기 있습니다
당신 관심으로 지금의 내가 여기 있습니다

당신이 보고 싶습니다

찔레꽃 붉게 피어나면
내 가슴에 그리움도
붉게 피어납니다

외롭고 쓸쓸할 때
그리움이 꽃 피어나면
당신 얼굴도 내 마음에
꽃으로 피어납니다

찔레꽃 붉게 피어나면
당신이 보고 싶습니다

내 마음에
그리움이 꽃 피어나면
당신이 보고 싶습니다

시인

시를 아주 좋아하고
시를 깊이 사랑해서
시인이 되었다

시에 폭 정들어
정말 시를 사랑하고 싶어
시를 썼다

시와 함께 하고 싶어서
시와 같이 하고 싶어서
시인이 되었다

시가
내 마음을 통째로 사로잡아
나를 시인으로
만들어 놓았다

어쩌란 말인가

네가 떠난 자리에
공허함이 가득한데
그리움이 흔적이 되어
선명하게 남아 있다

시간이 흐르고 흘러가도
도무지 지워지지 않는다

자꾸만 자꾸만
그리움이 보고픔 되어
애간장을 녹이고 있다

어찌하면 좋단 말인가
떠나갔는데 떠나가 버렸는데
그립고 보고 싶다

자꾸만 보고픔이 밀려오면
내 마음을 도대체 어쩌란 말인가

칭찬

칭찬은 마음을 행복하게 만들고
매사에 자신감을 채워 주고
행복한 웃음이 가득하게 만든다

칭찬하는 것은
사람의 마음을 풍요롭게 해 주는
힘이 있어 오묘하지만
그리 어려운 일은 아니다

상대방의 장점 좋은 점 독특한 점
소박하고 아름다운 것을 찾아내어
격려해 주고 칭찬해 주는 것이다

마음을 깊고 넓게 헤아려 주고
칭찬해 주는 것이다

마음을 잘 알아주는 칭찬을 들으면
누구나 힘 나고 기분이 좋고
생기가 돌고 신바람 난다

칭찬 한마디가 삶의 모습을
통째로 바꾸어 놓는다

호수

산새들이 날아와
호수를
아무리 쪼아 먹어도
호수의 물이
마르지 않는다

작은 돌

작은 돌이라고 무시하며
함부로 발로 차지 마라
아픔은 누구나 있다

고독한 날

고독한 날
고독에 취하면
소주 한 잔에도
몸과 마음도 취한다

날 세운 밤

꼭박 잠들지 못하고
날 세운 밤
온갖 고민은 도망치고
피곤과 졸음만 남았다

사랑 화살

네가 쏘아 올린
사랑 화살이
내 심장에 꽂히면
사랑이 시작된다

숲길에서

숲길을 걷는데
간밤에 세차게 비바람이 몰아쳐
나뭇가지와 나뭇잎들이 수없이 떨어졌다

숲속의 나무들은
괴롭다 슬프다 처참하다 아프다
슬프다 아무 말이 없다

숲길을 걷는 나에게
나무마다 나긋하게 속삭여 주었다

기다려 보라
찬란한 햇살 아래
가지가 새로 나고 새로운 초록 잎이 자라나
전보다 더 아름다운 숲을 만들어 놓을 것이라고
기다려 달라고 말했다

숲길을 걸으며 나무들의 이야기 들으며
고개를 끄덕였다

나무들은 언제나 약속을 지키며
아름다운 숲을 만들어 주고 있다

아하! 깨달음

아하! 그때 그랬구나
깨달음이 있어야 삶을 고쳐 가며
제대로 살아갈 수가 있다

깨달음이 없으면
항상 그 모습 그 타령이다
깨달음이 없으면
새로운 변화가 없다

깨달음이 있어야
자기 잘못을 부족을 실수를
알고 고쳐 나갈 수 있고
심신을 단련하고 변화시킨다

깨달음은
인생을 변화시켜 주고
성장하고 발전하여
나가게 만든다

얽매인 것을 풀어라

얽매인 것을 풀어라
생각이 마음이 행동이 갇혀서 얽매이면
소극적이고 나약해지고 비굴해지고
초라하고 비참해진다

얽매인 것을 풀고
자기에게 주어진 자유를 마음껏 누리며
기쁨과 행복과 감동 속에서 살아가라

진정한 자유란
선하고 정직하고 약속을 지키고
미움을 버리고 사랑하며
살아가는 것이다

스스로 부족하고 가진 것
없다고 얽매지 말고
자기 삶이 주어진 세월 동안
모든 것을 마음껏 누려야 한다

인생을 아름답게 멋지게 사는 것은
기대되고 신나는 일이다

새들은

새들은
누가 그리워
이 나무 저 나무로
옮겨 다니며
그리움의 노래를 부를까

뜻밖이다

뜻밖이다
한밤에 보름달이
나를 보고 웃는다
왜 그럴까
왠지 기분이 썩 좋다
뜻밖의 마음이다

네가 그리울 때면

네가 그리울 때면
내 가슴에 화산이 터진 듯
그리움이 폭발한다

네가 그리울 때면
내 가슴에서 그리움의
파도가 거세게 몰려온다

네가 그리울 때면
내 가슴에 그리움이 가득해
눈을 꼭 감고 너의 얼굴 그려 본다

조금만 더

조금만 더
참으면 달라질 거야

조금만 더
견디면 좋아질 거야

조금만 더
기다리면 달라질 거야

조금만 더
버티면 좋아질 거야

조금만 더
힘내면 괜찮아질 거야

불만

불만의 파도가 거칠수록
모든 것을 파괴하고 만다

불만은 마음을 갈라 놓고
생각을 갈라 놓고
행동을 갈라 놓고 찢어 놓는다
불만은 갈등을 만들고
상처를 만들어 갈기갈기 찢어 놓는다

불만은 모난 마음조차 토막 내어
불평과 원한을 만들고
모든 화합을 찢어 놓는다

불만이 해 놓은 일은
모든 것을 부서뜨리고
모든 것을 무너뜨리고
모든 것을 파괴하는 것뿐이다

불만이 남겨 놓는 것은
상처 외에는 아무것도 없다

버려야 할 것

살면서
꼭 버려야 할 것이 있다

탐욕 미움 거짓말 모욕 미련한 짓
모략 시기 질투 모함 헛된 비난
도둑질은 버려야
선한 양심으로 살아갈 수 있다

버려야 할 것들을
마음에 품고 살면
독이 되어
몸과 마음을 망가뜨린다

버려야 할 것을 아낌없이 버려야
선한 마음이 되어
몸과 마음이 편안하다

여행을 떠난다

일상을 떠나
또 다른 만남을 위하여
여행을 떠난다

삶은 행복했을 때
불행했을 때가 연속되지만
더욱더 행복한 시간을 만들고 싶어
가벼운 마음으로 여행을 떠난다

새로운 만남으로
색다른 느낌을 선물해 주는
새로운 풍경의 아름다움에
푹 빠져든다

삶이 더 행복하기 위하여
삶이 더 즐겁기 위하여
삶이 더 신나기 위하여
즐거운 마음으로
가볍게 훌쩍 떠난다

홀로 있는 밤은

홀로 있는 밤은
견디기가 힘들어요
검은 색깔이 모든 것을 꽁꽁
가두어 놓고 어둠 속 감옥에 갇혀
견디기가 힘들어요

홀로 있는 밤은
견디기가 힘들어요
잠들지 못해 온갖 생각이 찾아와
괴롭히는 잡생각들이 펼쳐져
견디기가 힘들어요

홀로 있는 밤은
견디기가 힘들어요
고독이 온몸을 감싸 들어와
쓸쓸함과 외로움을 독차지하고 있어
견디기가 힘들어요

그대 눈동자에

그대 눈동자에 내가 보이는 날 동안
언제나 변함없이 사랑하고 싶다

사랑하는 그대의 눈동자에
잔잔하고 행복한 웃음이 가득하도록
사랑하며 살고만 싶다

살아가는 날 동안
그대의 눈동자에 눈물 한 방울도
흘리지 않도록
항상 행복한 사랑만 하고 싶다

살아가는 날 동안
그대의 눈동자에 행복하고 기쁜
웃음이 가득하도록
늘 언제나 사랑만 하고 싶다

사랑비가 내리고 있습니다

비가 오고 있습니다
온 세상이 비에 젖고 있습니다
비가 내리는데
내 마음에는 그리움이 내립니다
비가 오는데
내 마음에는 그리움이 오고 있습니다

빗길을 따라
그리움을 따라
그대를 찾아 나서야겠습니다

비 내리는 창밖을 보며
커피를 마시며 사랑 이야기를 나누면
우리 가슴이 사랑에 젖어 들 것입니다

오늘 내 가슴에는
그리움의 비
사랑 비가 내리고 있습니다

내 마음

내 마음
너에게 주고 왔더니
네 생각이 나서
잠들 수가 없다

첫눈

첫눈이 내린다

하늘에서 사랑하는 이를 만나라고
첫눈을 선물로 내려주고 있다

첫눈이 내리는 날은
사랑하는 사람이 보고 싶다

첫눈이 내리는 날
사랑하는 사람과 함께 있으면
하늘의 축복을 받은 것처럼 행복하다

첫눈이 내린다

하늘의 축복 속에 사랑하는 이를
어서 빨리 만나야겠다

오늘은 하늘에서 내리는
첫눈의 기쁨처럼
행복한 하루가 될 것이다

일생

단 한 번 왔다가는 일생의 모습이
사람마다 각각 다르다

행복하게 살다가는 사람
불행하게 살다가는 사람
비참하게 살다가는 사람

단 한 번 왔다가는 일생의 모습이
사람마다 판이하게 다르다

꿈을 이루어 가는 사람
꿈이 깨지는 사람
꿈도 꾸지 못하는 사람

사람의 일생은
사람의 숫자만큼
그 모습이 사람마다 각각 다르다

느낌

느낌이 올 때
벌써 마음은 알고 있다

느낌이 좋은 것과 느낌이 싫은 것은
분명하게 다르다

사랑의 마음은 그대로 순수하기에
순수한 그대로 분명하게 느끼는 것이다

벌써 마음은 알고 있어
느낌을 함부로 무시할 수가 없다

느낌은 경계할 것과 두려워할 것이
다르게 다가온다

사람의 마음은 특별하고 세밀한 촉이 있어
있는 그대로 확실하게 느낀다

지금도 생각이 납니다

내 가슴에 넘치는 그리움에
지금도 생각납니다
이리도 멀리 떨어져 있는데
무척이나 보고 싶습니다

왜 갑자기 그리워지고
왜 갑자기 눈물이 날까
내 사랑이 아직 끝나지 않았기 때문입니다

훌쩍 떠나버렸는데 내 마음에
남은 사랑이 그리움을 마구 몰고 와서
지금도 생각이 납니다

다시는 생각이 날 줄 몰랐는데
엄청나게 보고 싶습니다
세월이 지나가면 잊을 줄 알았는데
시간이 떠나가면 지워질 줄 알았는데

왜 갑자기 그리워지고
왜 갑자기 눈물이 날까
내 사랑은 지금도 계속되기 때문입니다

당신의 손길이 누군가에게

당신의 손길이 누군가에게
도움이 될 수 있다면
당신은 참 행복한 사람입니다

당신의 손길이 누군가에게
베풂이 된다면
당신은 참 좋은 사람입니다

당신이 누군가에게
사랑과 기쁨과 감동을 줄 수 있다면
당신은 참 마음이 넉넉한 사람입니다

당신이 누군가에게
구원의 손길을 내밀 수 있다면
당신은 참 축복받은 사람입니다

욕심

지금 가진 것보다
더 갖고 싶은 욕심에 사로잡히면
한없고 끝이 없다

더 많이 갖고 싶은 욕심이 사납게 많아지면
성질도 까칠하고 사나워지고
평안도 사라지고 의심의 눈초리가 강해지고
불신의 벽이 자꾸만 높아진다

욕심의 폭이 지나치면
내 것으로 만족하지 못하고
남의 것을 빼앗고 불의를 저질러서라도
만족하도록 채우고 싶어한다

욕심의 끝은 불의이며 타락이고
절망이고 파멸일 뿐이다
욕심의 노예로 비참하게 살아가기보다
자기에게 주어진 것에 자족하며
사는 것이 큰 행복이요 기쁨이며 감사이다

봄비를 좋아하십니까

당신을 사랑하기에

당신을 사랑하기에
내 마음이 항상 달려갑니다

보고 싶어서 만나고 싶어서
가슴에 몽실몽실 그리움이
꽃처럼 피어납니다

당신을 사랑하기에
나의 모든 것을 주어서라도
당신을 사랑하고 싶습니다
날마다 보고 산다면
얼마나 행복하겠습니까

내가 사랑하는 사람이
늘 항상 내 곁에 있다면
그보다 더한 행복이 어디 있습니까
당신을 사랑하기에
내 마음이 오늘도
그리움에 풍덩 빠집니다

내 마음을 흔들어 놓지 마세요

제발 내 마음을 흔들어 놓지 마세요
가끔 생각 속으로 불쑥 찾아와
내 마음이 안달 나게 하지 마세요

꿈속에 찾아오고 나타나
내 마음을 몽땅 흔들어 놓지 마세요
당신은 좋은 사람이지만
사랑할 수 없어요

지금 나의 삶이 행복하기에
모든 것을 포기하고 던져버리고
당신을 따라가며 사랑할 수 없어요

왔다 떠나는 삶 속에서 만났으니
좋은 인연으로 생각하고 떠나 주세요
그러면 언제 어느 때나
좋은 기억으로 기분 좋게 기억할 수 있어요
제발 내 마음을 어찌할 수 없게
흔들어 놓지 마세요

시인과 독자

시인과 독자는 늘 가깝고 친밀해야 한다
독자가 없는 시는 아무리 뛰어나고
대단한 시라고 평가하여도
박제된 언어에 불과하다
독자가 없는 시는 존재감을 잃고
영영 사라지고 만다

시는 독자들이 찾아 읽어야 하고
마음에 감동을 주고 누군가에게
전해 주고 싶은 시가 되어야 한다

독자들은 시인이 알 수 없는
암호 같은 자기만의 언어로
시를 쓴다면 떠나 버리고 만다

시는 시인의 인생이며 꿈이며
경험이고 삶의 전부다
시는 언제나 시인의 품을 떠나
독자들에게 읽히고 감동을 주고
가슴에 남는 시가 되어야 한다

너를 사랑하고 싶다

너를 사랑하고 싶다
내 마음에 셀레임을 주고 기쁨을 주고
감동을 주고 기대감을 갖게 하는 너를
만나는 것은 최고의 행운이며 최대의 기쁨이다

너를 사랑하고 싶다
이 세상에 수많은 사람 중에
너를 만나는 것은 참 신기할 정도로
인생에서 가장 멋진 일이다

너를 사랑하고 싶다
멈추지 않고 흘러가는 시간 속에
너를 만나 사랑하는 시간은
결코 놓치고 싶지 않은
삶에서 가장 아름다운 시간이다

너를 사랑하고 싶다
내 인생에서 가장 소중한 만남으로
찾아온 너는 고귀하고 소중한 존재다

문득 쓸쓸할 때

문득 쓸쓸할 때 제일 먼저 내 생각에
달려 들어온 것이 바로 너였다

넓은 세상에서 항상 내 편이 되어준
네가 내 곁에 있다는 것이
살아갈 이유가 되었다

이토록 쓸쓸할 때 만날 수 있는
네가 있다는 것이
얼마나 다행이고 좋은 것이냐

세상 찬바람이 가슴에 불어올 때
가장 먼저 딱 막아줄 너의 따뜻한
눈빛이 있기에 나는 외롭지 않다

문득 쓸쓸할 때 나를 외롭지 않게
마음 편하고 따뜻하게 감싸준 것이
바로 너였다

그 사람이 그립다

내가 살아온 날 동안 함께했던 많은 사람
정을 주고 마음을 주고 늘 함께하기를
좋아했던 그 사람이 그립다

안 보면 보고 싶고 시간이 지나면 그리워
어서 빨리 만나기를 원하고 만나면
시간이 빨리 흘러 아쉬워했던 그 사람이 그립다

생각을 나누고 마음을 나누며
꿈과 이상을 나누며 인생을 이야기하고
서로의 필요에 따라 돕고 나누던 그 사람이 그립다

내 삶 동안 언제 어디서
만나도 좋았고 행복했던 시간
같이 보낸 시간이 한 편의 시 같았던
그 사람이 그립다

세월이 흘러가도 그리움이 남아 있고
시간이 흘러가도 보고픔은 남아 있어
지금도 같이 하면 즐거울 것 같은
그 사람이 그립다

밤하늘에

밤하늘에
달이 없었다면
얼마나 외로웠을까

밤하늘에
별마저 없었다면
얼마나 괴로웠을까

낮 하늘에
해마저 없었다면
절망하고 말았을 것이다

혹시 내가

혹시 내가 잘못한 일이 있으면
용서를 바랍니다

혹시 내가 실수한 일이 있으면
이해를 바랍니다

혹시 내가 비난한 일이 있으면
용서를 바랍니다

혹시 내가 손해를 입힌 일이 있으면
다시 돌려드리겠습니다
용서를 바랍니다

모두가 나의 부족이고
모두가 나의 실수이오니
깊은 이해와 넓은 용서를 바랍니다

너를 바라보고 있으면

너를 바라보고 있으면 잔잔했던
내 마음에 사랑의 파도가 친다
너의 표정
너의 웃음
너의 목소리가
내 온몸에 퍼져 나간다

너를 사랑한 후에는
내 삶에 행복이 찾아와
날마다 삶이 기쁘다
너의 눈길
너의 손길
너의 발길이
나의 모든 것을 사로잡는다

너를 사랑한 후에는
내 삶에 희망이 가득해
날마다 이루어 가는 기쁨이 충만하다

만약에

만약에 어쩌면 있지도 않을 일을
생각하며 걱정하는 것은 어리석다

만약에 라는
생각을 엉뚱하게 만들어
불안하고 초조하기보다
현실을 바라보며 강한 마음으로
담대하게 살아가는 것이
생기가 돌고 행복한 일이다

만약에 하는 말은 불안을 만든다
만약에 라는 말은 의심을 만들고
불안을 조성하여 심신을 괴롭힌다

만약에 라는 생각에 허무하게 살지 말고
내 눈앞에 보이는 것들에
감사하고 기뻐하며 즐겁게 살아가라

멀리 있는 사람아

그리움은 내 가슴 가까이 있는데
멀리 있는 사람아
보고픈 마음은
저 넓은 푸른 하늘만큼
내 마음에 가득한데
소식 하나 없는 사람아
무심한 건지 외면하는 건지
잊어버린 건지 아무 말이 없다

그리움은 파도처럼 계속 밀려오는데
멀리 있는 사람아
보고픈 마음은 지금이라도
맨발로 달려가 만나고 싶은데
어디 있는지 알 수 없는 사람아

눈에 가득한 그리움에
이리저리 살펴보아도
찾을 수가 없어 눈물만 가득하다
무심한 세월은 흘러만 가고
야속한 세월도 흘러만 가고
이러다 영영 못 만나고 마는지
가슴에 서러움만 가득하다

살아야지

살아야지 살아 남아야지
어떤 절망도 이겨 내고 어떤 시련도 이겨 내며
기어코 살아 남아서 좋은 날을 봐야지

살아야지 살아 남아야지
어떤 역경도 이겨 내고 어떤 난관도 이겨 내며
기어코 살아 남아서 기쁜 날을 봐야지

지나고 나면 모든 것이
옛일이 되고 추억이 되고 말 텐데
죽을 것 같았던 고통도 이겨 내면
언제 그랬다는 듯이 떠나고 말 텐데
포기하지 말아야지 그만두지 말아야지
우리가 어떻게 살아온 인생인데

살아야지 살아 남아야지
사람답게 인생답게 살아가며
삶의 씨름을 어떤 고투 끝에서도 이겨 내며
우리들의 이야기를 멋지게 만들어 가야지

사람이 사람답게 살아야지

사람이 사람답게 살아야지 짐승처럼 산다면
어찌 사람으로 산다고 말할 수 있을까

욕심이 뻗치는 대로 욕망이 뻗치는 대로
성깔이 뻗치는 대로 남을 손바닥 위에 놓고
장난질하며 살아간다면
짐승만도 못한 삶이 아닐까

운명 앞에 서 있는 당신의 얼굴을 보라
마음이 절뚝거리며 잘못 살아간다면
얼마나 독하고 얼마나 험악한가
악인으로 살지는 말아야 한다

오늘을 살아가며 사람의 마음이
온유하고 겸손해야 사람답지
사람의 마음이 표리부동하고
핏대를 잔뜩 올리고 교만하고 오만하고
거만하게 살아간다면
짐승 같은 삶이 아닌가
사람이라면 사람답게 살아가며
사람이 사는 이야기를 만들어 가야 한다

커피 한 잔

커피 한 잔 마시려고
핸드드립으로 커피를 내리니
커피 향이 코끝에 다가와 행복하다

커피를 마시려고
아름다운 커피잔에
커피를 따라 놓으니 멋진 풍경이다

커피를 마시려고
커피잔을 들었더니 입술이 시샘하는지
커피를 마시기도 전에
입술이 먼저 커피잔을 먹어 버렸다

나무는 마술사다

작은 씨앗에서
크나큰 나무가 되어 세상에
우뚝 서 있는 나무는 마술사다

나무는 세상을 안고 싶어
모든 손을 벌리고 서 있다

작고 작은 씨앗 속에
어떻게 큰 나무가 들어 있을까

씨앗에서 싹이 나고
나무가 자라고
꽃이 피고 열매가 맺는다

나무는 마술사 중에
최고의 마술사
변신의 귀재다

겨울나무들의 외침

냉혹한 추위가 살을 찌를 듯
매서운 겨울에
밤새 눈이 휘몰아쳐 온 산이 하얗다

한바탕 찬 바람이 몰아치자
꽁꽁 언 눈옷을 입은
겨울나무들이 일제히 소리를 질렀다

"춥다! 추워!
봄이 어서 왔으면 좋겠다!"

삶의 안개 속을 지나며

삶의 안개 속을 지나며 뚜렷해지는
내일의 꿈과 희망 속에
강한 확신이 찾아 들어왔다
불가항력으로 여겨졌던 일들이
분명하게 눈앞에 다가올 때
마음껏 솟구쳐 오르는
기쁨이 대단하다

아무도 기대하지 않고
아무도 바라지 않았던 일들이
눈앞에 현실이 되었을 때
온 가슴에 전율을 느끼고
내 삶에 찾아온 행복이 위대하다

인생은 누구나 안개 속을 지나듯
불확실하고 불안할 때가 있지만
도전하고 인내하며
기다리는 사람들은
자기가 간절하게 원하는
꿈과 희망을 현실로 만들어 간다

산책길

산책길을 걸어가며 풀과 나무들과
눈 맞추며 인사하기에 바쁘다
밤새 잠들었다 이슬 먹고 깨어난
풀과 나무들이 생기 도는 표정으로
산책길에서 서로 인사를 나눈다

밤새 숲속은 안녕했나 보다
새들의 울음소리가 아침을 알리고
아직 떠나지 못한 새벽안개가
서둘러 발길을 옮기고 있다
산책길을 걸어가면 가벼워지는 마음속에
편안함과 행복함이 가득해 온다

나무와 풀의 귀띔을 들으며
아름다운 풍경 속으로
빠져드는 아침 산책길
자연과 만남 속에
풀과 나무들과 인사를 나누는
정겨움에 살맛이 난다

어두운 밤

어두운 밤
검은 어둠의 무게에 눌려
불안한 마음을 떨치기 위하여
깊은 잠에 빠져든다

어둠 속에 있으면
모든 것이 할 말을 잃고
잠잠하고 고요하다

하늘의 별과 달도
아무 말 없이
빛을 만들기에
소리 없이 분주하다

어두운 밤
어둠 속 화면으로 꿈을 꾸며
밤의 시간을 떠나보내고 있다
어두운 밤에는 꿈의 영화관에서
꿈이 상영되고 있다

하늘의 마음

하늘의 마음은 언제나 하나다
모든 것은 왔다가 떠나지만
하늘은 언제나 제자리를 지키고
하늘은 그 어떤 경우에도 이별하지 않는다

하늘은 낮에는 파란 눈으로
밤에는 검은 눈으로 세상을 지켜보지만
언제나 아무 말도 하지 않는다

하늘은 모든 것을 언제나 다 받아 주고
버리고 떠나도 언제나 제자리 지키고
하늘의 마음은 변하지 않는다

하늘은 늘 하늘로 존재하고
언제나 변함없이
제자리를 떠나지 않는다

벽시계

밤에 잠자다
나오고 나와도
벽시계 시간이 똑같다

어찌 된 일일까
시간이 가지 않는다

아하 그렇구나
벽시계도 힘들었는지
간밤에 배가 고파
잠이 깊이 들었나 보다
시계가 멈췄다

내가 무엇을 할 것인가

누가 나를 위하여 무엇을 해 줄 것인가 기대하기보다
내가 나를 위하여 남을 위하여
무엇을 할 것인가 생각하고 행동하자

누가 나에게 무엇을 해 줄 것인가 바라기보다
내가 먼저 나를 위하여 남을 위하여
무엇을 할 것인가 깨닫고 실행으로 옮겨 나가자

남이 나에게 해 주기를 원할 때
부족을 느끼면 짜증이 나서
불평하고 비난이 마구 터져 나온다
내가 먼저 나를 위하여 남을 위하여
솔선수범하여 일하고 행동하기 시작하면
큰 보람 속에서 감사와 기쁨이
마음속에서 솟아나고 터져 나온다

이 세상에서 누가 나를 위하여
선뜻 베풀고 돕겠는가
내가 먼저 남을 위하여 일하기 시작하면
인생은 순탄하게 이루어져 가고
날마다 행복과 기쁨과 감동이 넘친다

모든 것을 포기하고 싶었던 순간

이 세상을 살아가며 누구든
절박한 고통의 절벽에 서 있을 때
모든 것을 포기하고 싶었던
비참한 순간들이 있다

그때 모든 것을 포기했더라면
오늘은 찾아오지 않았을 것이다
그때 모든 것을 포기했다면
아무 일도 일어나지 않았을 것이다

그때 모든 것을 포기했더라면
흘러가는 세월 속으로 사라져 버려
아무도 기억하지 않을 것이다

고통의 순간이 있었기에
절망의 순간이 있었기에
그 아픔과 고통을 이겨 낸
오늘 이 순간이 더 아름답다

길가에 서 있는 나무

길가에 서 있는 나무
세상이 궁금해
산에서 내려왔나 보다

길가에 서 있는 나무
사람들의 이야기가 듣고 싶어
길가에 서 있나 보다

가슴속의 멍

가슴속의 멍은
눈에는 보이지 않는데
쉽게 지워지지 않아 몹시 아프다

그리움의 멍은
밖으로 보이지 않는데
쉽게 사라지지 않고 심장이 몹시 아프다

지금 당장이라도
사랑만 하면 아픔이 사라지고
몽땅 나을 것 같다

후회

세월이 흐르고 떠나고 지나니
후회가 막심하다

그때 잘할 걸
마음 좀 넉넉하게 갖고 대할 걸
왜 그랬을까

좀 더 깊이 생각할 걸
좀 더 깊이 마음에 담을 걸
후회된다

세월이 가면 갈수록
떠나간 것은 기별도 없고
남은 것은 아쉬움뿐이다

그때 잘할 걸
생각을 좀 더 넓게 할 것을
왜 그랬을까
후회된다

탑

기다림이
너무나 길었나 보다
기다림의 세월이
오래되었나 보다
공든 탑도 견디기 힘들어
이가 빠지고
몸이 서서히 무너지기 시작한다

세월을 이기는 것은 없나 보다
어떤 것도
영원한 것은 없나 보다

탑을 바라보며
기원하던 일들이
다 이루어졌나 보다
튼튼하고 견고하던 탑도
힘이 빠지고 뼈가 깎여서
몸이 하나씩 무너지기 시작한다

숲길

숲길을 걷다가
시를 보았다

숲길을 걷다가
시를 만났다

숲길을 걷다가
시를 마음에
쓰고 말았다

독자들이 읽는 시

독자들이 좋아해 읽어 주는 시가 되어야 한다
시인이 시를 읽어도 전혀 알 수 없는
문장으로 시를 쓰면 독자들이 읽지 않고
감동하지도 못할 것이다

시인은 언어의 강을 자연스럽게 흘러가는
강물 같은 시를 쓰도록 노력해야 한다
누가 읽어도 좋고
누구나 마음에 간직하고 싶고
다른 사람에게 전해 주고 싶은
좋은 시가 되어야 한다

시인에게 이런 시는 평생 한두 편 나올지 모르지만
그런 시를 위하여 시를 쓰는 것이다

시를 읽을 때 쉽게 다가오고
시를 읽을 때 그림이 그려지고
시를 읽을 때 리듬을 타고
시를 읽을 때 시 속에 이야기가 있는
생명력이 가득한 시를 써야 한다

독자들이 좋아해서 읽는 시가 살아 있는 시다

시인은

시인은
홀로 걸어가야 할
시의 순례자 길을
고독하게 걸어가야 한다

시인이 걸어가는 길에
발자국처럼 시가 남는다

시인이 걸어가는 길에
시인의 흔적처럼 시가 남는다

시인이 걸어가는 길에
시인의 사랑처럼 시가 남는다

시인이 걸어가는 길에
시인의 말처럼 시가 남는다

봄비를 좋아하십니까

사계의 순정한 서정성과
초록의 사랑을 담은 생명성

문복희(시인, 가천대 교수)

용혜원 시인은 제1시집『한 그루의 나무를 아무도 숲이라 하지 않는다』를 1986년에 출간했다. 그리고 이번에 100번째 시집『봄비를 좋아하십니까』를 세상에 내놓았다. 38년 동안 쉬지 않고 시를 쓰면서 순정한 초록의 서정에서 살아왔다는 증거이다. 평생 한 권의 시집을 출간하기도 어려운데 100권의 시집을 내놓다니 참으로 감격할 만한 일이다.

나는 용혜원 시인으로부터 제76시집『1000편의 시로 쓴 예수그리스도의 생애』를 받으면서 1000쪽 이상의 방대한 분량에 놀랐고 그 성서적 내용에 감동했다.

그런데 이번에 100번째 시집을 세상에 내놓았다는 이 엄청나고 명징(明澄)한 사실 앞에서 시인의 투철한 의지와 열정에 탄복하고 말았다. 그가 스스로 힘써 쉬지 않고 시인의 이름으로 얼마나 충실하게 살아왔는지를 이 시집 자체만으로도 분명히 알 수가 있다. 용혜원 시인은 자강불식(自强不息)의 삶을 살아온 표본이다.

글을 쓴다는 것은 지독한 고뇌와 아픔과 노력과 고통 없이 되는 일이 아니다. 그럼에도 시인은 그 속에서 진실을 찾아내고 진실을 추구하며 지향해 나간다.

김영랑은 「신인(新人)에 대하여」에서 "문학은 진실한 데서 비로소 그 가치와 생명이 있는 것으로 생각한다.(...) 이 진실이라는 것은 문학과 또는 인생에 대한 작가의 태도를 말하는 것인데 아무리 고상한 사상이라든가 철학을 보여주는 작품이라 해도 그것이 인간을 참되게 걱정하고 참뜻으로 아끼는 태도로 쓰이지 않는 한, 값있는 작품이라고 존경을 받기가 힘들 것"이라고 쓰고 있다. 김영랑의 글에서 추구하는 바와 같이 용혜원 시인은 문학이란 진실한 데서 가치와 생명이 있다는 것을 그의 시에서 보여주고 있다.

용혜원 시인의 이번 시집에는 봄, 여름, 가을 그리고 겨울 풍경이 그려져 있다. 4계절의 훈훈한 가슴과 생명력이 흐르고 있다. 고백이 있고 감동이 있으며 사랑과 축복이 있다.

이 시집 속에는 4계절의 시편들이 비발디의 「사계」처럼 최고의 음률이 되어 녹아 있다. 비발디의 「사계」는 회화적이고 표제 음악적인 요소들이 음악에 대한 대단한 열정을 불어넣은 작품이다.

용혜원 시인 본인이 이 시집의 서문에서 '나의 시는 눈으로

보아도 좋고 입으로 읽어도 좋고 귀로 듣기도 좋고 그림이
그려지고 리듬을 타는 시가 되어야 한다. 한 편의 시가 누구
마음에든지 감동을 주는 시를 쓰고 싶다. 내 속에 있는 모든
마음이 하나가 되어 생명력 있는 살아 있는 시를 쓰고 싶다.'
고 소망하고 있듯이 그의 시는 회화적이고 음악적이고 의미
성을 지닌 감동의 작품들이다. 시의 3요소인 회화성, 음악성,
의미성을 잘 보여주는 용혜원의 시는 두 가지의 특징으로 정
리할 수 있다.

첫째, 사계의 순정한 서정성과
둘째, 초록의 사랑을 담은 생명성이다.

1. 사계의 순정(純情)한 서정성

4계절은 용혜원 시인에게 시적 체험의 원형적 공간이며 자
아와 자연과의 화해를 유발하는 공간이다. 계절은 단순 이미
지로만 아니라 다감한 감수성과 보편적인 정서로 확대되면
서 독자에게 감동을 준다. 계절의 풍경이 생생하게 표현되면
서 추억의 공간을 넘어 일상의 현실로 재현되고 있다. 즉, 시
인은 자연의 질서에 대한 긍정적인 자세로 시적 세계를 그리
고 있다.

자연의 질서에 순응하면서 순리대로 살기를 지향하는 시
인은 봄, 여름, 가을과 겨울의 순정한 서정성을 그리면서 인
간의 본질을 탐구하고 있다.

먼저 봄 소재 시편들을 만나보자.

봄에는 나무들이
가지마다 겨우내 꾹 참았던
웃음 터뜨리며
봄꽃을 피운다
봄에는 산 아래서부터 꼭대기까지
나무들의 꽃을 피우며
올라가기 시작한다

봄에는 푸른 하늘에 구름도
한 송이 한 송이
꽃으로 피어난다

봄은 하얀 목련꽃
활짝 피는 계절이다

「봄에는」

　따뜻하고 정다운 시선, 겸손한 목소리가 느껴진다. 봄의
풍경을 보여주는 이 시에는 나무, 꽃, 하늘, 구름 등 자연물
이 소재로 등장한다. 이 소재들은 자연의 가식 없는 아름다
움과 소박함을 봄의 온화한 계절과 함께 그려가고 있다.
　그러나 이 평이한 봄의 소재들은 자세히 보면 눈에 보이는
것만이 전부가 아니다. 가지마다 피는 봄꽃, 하얀 목련꽃, 구
름, 푸른 하늘은 웃음을 담고 있으며 봄의 상징인 희망을 내
포하고 있다. 기교를 부리지 않고 억지로 꾸미지 않으면서
담담하게 여운을 남기고 있다. 무기교의 기교라고 할 수 있

다. 고도로 소박한 아름다움이다. 이러한 순정의 서정성이
용혜원 시의 특징이다.

봄날 온 땅에 내려
촉촉하게 적셔 주는 봄비를 좋아하십니까

겨우내 추위에 떨며 입술이 메말랐던
땅을 푸근하게 적셔 주는 봄비를 좋아하십니까

봄비가 내리면 온 세상에 새싹이 돋고
봄꽃이 피어나
봄의 축제가 열리기 시작합니다

봄비가 내리면 겨우내 추위에 떨었던
나무들이 기지개를 켜고 기운을 차리고
씩씩하게 자라나 산마다 초록 옷을 갈아 입습니다

봄비를 좋아하십니까
사랑에 목마른 마음을
촉촉하게 적셔 주는 봄비가 내립니다

봄날 온 땅에 내려
새싹을 눈 뜨게 하는 봄비를 좋아하십니까
「봄비를 좋아하십니까」

이 작품은 이 시집의 표제시이다. 이 시에서 중심 소재로 등장하는 봄비는 추위에 떨던 땅을 푸근하게 적셔 주며 목마른 마음을 적셔 주는 사랑이다. 봄비는 나무들이 기운을 차리고 씩씩하게 자라게 해 주는 에너지의 근원이며 새싹을 눈뜨게 하는 생명력이다. 시에서 가장 중요한 것은 '중심이 어디 놓여 있는가'이다. 이 시의 중심은 봄비이다. 새싹이 돋고 꽃이 피고 축제가 열리게 해 주기 위해 봄비가 내리는 것이다. 땅, 나무, 꽃 등 자연의 중심에 봄비가 놓여 있지만 자연의 일부에서 인간의 중심으로 재현되기를 원하고 있다.

독자에게 '봄비를 좋아하십니까'로 묻고 있지만, 자신에게 묻는 독백이기도 하고 봄비를 좋아할 거라는 대답을 이미 정해 놓고 있는 의문문이다. 자연을 풍경화로 그려놓는 것에 그치지 않고 자연과 인간의 연결 선상에서 인간의 본질을 탐구하고 있다.

이 시는 사실적인 풍경화인 듯하면서도 단순한 자연 감상만이 아니라 자연 현상 자체가 자신을 돌아보게 하고 성찰하게 한다. 눈앞에 펼쳐지는 자연 풍경은 또 다른 사유의 세계를 열어 준다.

길이요 진리요 생명이신 구원의 존재, 영원히 목마르지 않은 존재와 연결되면서 목마른 마음을 적셔 주는 봄비 같은 사랑의 존재를 소망하고 있다. 그리하여 새싹을 눈뜨게 하는 생명의 의미로 이어지고 있다. 이런 점에서 시인은 성직자와 닮았고 또 구도자와도 닮았다.

이 시는 큰 소리로 호소하지 않으면서 낮은 목소리로 인간의 내면을 두드리는 사색적인 작품이다. 마치 종교적인 고해

의식처럼 자신을 향하고 인간을 향하여 성찰하게 하고 순정한 마음으로 나가게 하는 서정시이다.

이 외에도 이 시집 속에는 봄을 소재로 한 우수작이 32편 이상 압도적으로 많이 있음을 알 수 있다.

「봄이 시작된다」, 「봄길을 걷다가」, 「봄은 그림 한 폭」, 「봄은 꽃들의 웃음 잔치」, 「벚꽃」, 「진달래꽃」, 「벚꽃 축제」, 「입춘」, 「봄날 벚꽃을 보면」, 「봄비를 좋아하십니까」, 「봄이 왔다」, 「4월」, 「춘곤」, 「벚꽃이 진다」, 「봄 물소리」, 「봄꽃 향기」, 「봄이 오는 걸 아무도 막을 수 없다」, 「목련꽃」, 「벚꽃 길을 걸으면」, 「봄날 꽃구경 한 번 갑시다」, 「봄햇살 아래 걷는 것은」, 「봄이 온다」, 「봄소식」, 「봄 느낌」, 「봄이 오고 있다」, 「봄날 햇살」, 「봄비 내리면」, 「봄길」, 「아름다운 벚꽃」, 「꽃비 내리는 봄날」, 「벚꽃을 보면」, 「봄꽃」 (32편)

이제 여름, 가을, 겨울을 배경으로 한 시편들을 보도록 하자.

매미는 매년마다
무더운 여름 찾아와
나무를 붙잡고
왜 목 놓아 통곡하며
울고 있을까

여름 내내 수컷 매미는
구애의 한 맺힌 울음을 울다

단 한 번의 사랑에 지치면
맥없이 떨어져 죽는다

한여름 울다가
떠나는 삶
매미의 울음이
처량하다

「매미 」

가을 하늘에
푸른 하늘빛이 푸르고 아름답게
가을을 담고 있다

가을 하늘을
보고만 있어도
가슴에 가을이 가득하게 물들어 온다

가을 하늘에
푸른 하늘빛이 가을을 아름답게
표현하고 있다

가을 하늘처럼
내 마음도 푸르게 푸른 가을을 담고
늘 푸르게 살고 싶다

「가을 하늘」

첫눈이 내린다
하늘에서 사랑하는 이를 만나라고
첫눈을 선물로 내려주고 있다

첫눈이 내리는 날은
사랑하는 사람이 보고 싶다

첫눈이 내리는 날
사랑하는 사람과 함께 있으면
하늘의 축복을 받은 것처럼 행복하다

첫눈이 내린다
하늘의 축복 속에 사랑하는 이를
어서 빨리 만나야겠다

오늘은 하늘에서 내리는
첫눈의 기쁨처럼
무척 행복한 하루가 될 것이다

「첫눈」

　4계절을 배경으로 쓴 작품들은 선인들의 고전시가에서도
많이 찾을 수 있다. 한시나 시조에 봄, 여름, 가을, 겨울을 배
경으로 삶의 다양한 모습을 담고 있다. 또한 우리 생활 주변
의 소재를 끌어와 우리의 진실하고 소박한 심성을 그려내며,
자연의 외양상 풍경만을 옮기지 않고 자연과 계절의 질서에

담긴 내적 의미까지 포착하여 형상화함으로써 작품의 심도를 높이고 있다.

특히 윤선도의 「어부사시사」는 춘하추동 계절의 변화에 따라 시상이 전개되고 있으며 10수씩 총 40수의 시조로 이루어져 있다. 자연 속에 살아가는 여유와 흥취를 말하면서 자연과 인간의 조화를 추구하고 있다. 이러한 전통적 정서의 맥락에서 볼 때, 용혜원 시인의 시편들이 4계절을 배경으로 하는 작품이 유난히 돋보이는 점을 간과할 수 없다. 봄 관련 작품뿐만 아니라 여름, 가을, 겨울 시들도 아름답게 수놓아져 있다.

그의 시 「매미」를 보면, 여름을 알리는 매미가 소재로 등장한다. 매미는 '매년마다 / 무더운 여름에 찾아와 / 나무를 붙잡고 / 목 놓아 울다가' 떠난다. 매미가 떠나면 여름도 가고 가을이 온다는 계절의 순환을 알린다. 윤선도나 이현보와 같은 먼 옛날 사람이 느끼는 여름의 정서와 감정이 과거와 현재를 연결해 주는 것은 동일한 계절감과 무관하지 않다. 계절의 변화가 주는 질서와 순리는 「매미」 시에서처럼 자연 속에 살아가는 인간에게 내적 의미를 보여주며 삶의 방향을 제시해 주고 있다.

「가을 하늘」을 보면 '가을 하늘처럼 / 내 마음도 푸른 가을을 담고 / 늘 푸르게 살고 싶다'고 시인은 토로하고 있다. 시인은 하늘을 바라보는 것을 넘어 진실을 찾아내는 지적 탐구 과정을 보여준다. 하늘처럼 푸르게 살아야겠다는 깨달음 안에서 얻어진 인간과 자연 사이 조화의 미덕을 발견하고 인간의 본질과 자연의 원리를 연결하고 있다.

그의 가을 소재시 「가을밤」, 「가을 고독」, 「가을 기러기」, 「가을 은행나무」, 「가을 갈대」, 「가을 단풍 축제」에서도 '가을 밤하늘에 뜬 보름달이 / 보고 싶은 네 얼굴인 양 날 보고(가을밤)' 있으며 '가을이 깊어갈수록 고독이 / 천근 무게가 되어 온몸을 짓눌러(가을 고독)' 고독과 친구가 되는 시인의 고뇌를 보여주고 있다. 고독한 시인의 모습마저도 그의 시 속에서는 리얼하게 그려진다. 그래서 그의 시는 사실적이고 일상적이면서 평화롭다. 아름다운 자연 풍경을 가까이에서 바라보며 인간에게 따뜻한 시선으로 다가가고 있다. 자연과 인간은 고유성을 가지면서 그리움이나 아픔, 고독이라는 이름으로 공존하고 있다.

그의 겨울시 「첫눈」을 보자. 겨울 풍경이 첫눈으로 인해 환하게 바뀐다. 첫눈은 하늘의 축복이며 첫눈 내리는 날은 사랑하는 사람을 만나 행복해지는 날이다. 감정의 과장이나 날카로움이 전혀 없다. 담담한 구도로 자아를 확인하고 눈 내리는 축복과 사랑하는 사람이 조화롭게 균형을 짓는 평화의 공간을 만들고 있다. 장황하지 않고 산뜻하게, 화려하지 않고 소박하게 시의 세계를 그려내고 있다. 이렇게 순정한 시적 서정성은 그의 시를 더욱 빛나게 해 준다.

2. 초록의 사랑을 담은 생명성

　용혜원 시인은 대부분 현재 시점에서 자연과 세상을 바라보고 있다, 그러나 현재 시간을 자세히 들여다 보면 그 속에는 과거의 시간과 앞으로 소망하는 미래의 시간이 내포되어 있다. 시인은 자연을 바라보는 것을 넘어 진실을 찾아내는 지적 탐구 과정을 보여준다. 이로써 인간과 자연 사이 조화의 미덕을 발견하고 인간의 본질과 자연의 원리를 탐구해 가는 과정을 음미하게 해 준다. 이러한 사유의 바탕에는 사랑의 원리가 자리하고 있다. 인간을 참되게 걱정하고 참뜻으로 아끼는 태도가 자리하고 있다. 김영랑이 추구하는 진실성과 그 맥이 닿아 있다.

　　초록 숲길을 걸으면 걸을수록
　　마음이 초록으로
　　아주 짙게 물든다

　　초록 숲길에는
　　햇살과 비를 마음껏 먹을 수 있는
　　나무들의 싱싱한 초록이
　　햇살 아래 아주 선명하다

　　초록으로 물들며
　　걸어가는 숲길
　　마음에 평안이 찾아온다

초록 숲길을 걸으면 걸을수록
마음이 참 편안하다
　　　　「초록 숲길」

　시인은 초록 숲길을 걸으며 생명의 깊이를 감지해 내고 있
다. 아울러 정제된 언어로 시적 긴장과 미감을 만들어 내며
시의 아름다움을 느끼게 해 준다. 햇살과 비를 만난 나무들
이 모여 초록 숲을 만들고 그 숲길을 걸으며 시인은 마음의
평안을 찾는다.
　숲길을 걷는 일상의 사소한 경험에서 사유의 시간을 갖게
되고, 나무의 싱싱한 몸짓에서 생명체의 의미를 깨닫게 된
다. 이렇게 숲길, 나무, 햇살, 비를 통해 자연에 대한 관조와
거리를 유지함으로써 미적 세계를 이루고 있다. 그의 시가
보여주는 사유의 세계는 건강하고 투명한 생명성으로 설명
된다. '산새들이 날아와 / 호수를 아무리 쪼아 먹어도 / 호수
의 물이 / 마르지 않는다'는 그의 시「호수」에서도 마르지 않
는 충일한 생명성을 보여주고 있다.

　용혜원 시인은 다음 시에서 그가 지향하는 시의 세계를 투
명하게 보여주고 있다. 시인은 이런 시를 쓰고 싶다고 고백
하지만 실제 그는 이런 시를 현재 쓰고 있으며 100번째 시집
에 수록된 시편들은 모두 이런 시이다.

이런 시를 쓰고 싶다
들판의 풀처럼 소리 없이
널리 퍼져 나가는 시를 쓰고 싶다

하늘에서 내리는 비처럼
메마른 온 세상을 촉촉하게 적셔 주는
싱그러운 시를 쓰고 싶다

불어오는 바람처럼 어디든 불어가는
가슴을 시원하게 해 주는
바람 같은 시를 쓰고 싶다

이런 시를 쓰고 싶다
바다의 파도처럼 거세게 몰아치는
살아 있는 생명의 시를 쓰고 싶다

하늘에서 쏟아지는 햇살처럼
사람들의 마음을 따뜻하게 해주는
정다운 시를 쓰고 싶다

나무처럼 온 세상에서
아름답게 우뚝 서 있는
초록 생명의 시를 쓰고 싶다
                        「이런 시를 쓰고 싶다」

용혜원의 시가 돋보이는 것은 초록의 사랑을 담은 생명성과 따뜻한 시선 때문이다. 그는 꽃과 바람과 햇빛 자연에 대해 봄, 여름, 가을, 겨울 계절을 노래하지만 실제로 그가 관심을 가지고 바라보는 것은 사랑해야 할 대상, 즉 인간이다. 인간을 참되게 걱정하고 참뜻으로 아끼는 태도가 시인의 마음 중심에 자리하고 있다. 그래서 용혜원 시인은

들판의 풀처럼 널리 퍼져 나가는 시,
메마른 온 세상을 적셔 주는 싱그러운 시,
가슴을 시원하게 해 주는 바람 같은 시,
바다의 파도처럼 살아 있는 생명의 시,
사람들의 마음을 따뜻하게 해 주는 정다운 시,
나무처럼 서 있는 초록 생명의 시를
현재 쓰고 있다.

『봄비를 좋아하십니까』에 수록된 시편들은 모두 초록의 생명의 시이다.
용혜원 시인의 100번째 시집 출간을 축하하며 독자들에게 맑은 영혼의 울림이 있기를 기대한다.

용혜원 연보

1952. 2. 12.	서울특별시 동작구 노량진동에서 아버지 용승봉 어머니 임점순 슬하 3남 2녀 오 남매 중에 넷째로 출생. 집 근처에 대장간과 비과 공장이 있었고 집 건너편에 소방서와 사육신 묘지가 있고 가까운 곳에 한강이 흐른다.
1965. 2.	노량진 초등학교 졸업. 어린 시절 집 꽃밭에서 꽃을 꺾으려니까 어머니께서 "아들아! 꽃을 꺾어보면 잠시 아름답지만 그대로 두고 보며 오랫동안 아름답게 볼 수 있단다."는 말이 시심을 만든 첫 번째의 계기가 되었다.
1965. 3. 3.	국악 중·고등학교 중학교 입학(집이 가난해 진학하기 어려워 음악이 전혀 소질이 없었는데 당시 학교가 국립이라 책 옷 차비까지 나와 들어갔다.) 동기 중에 국악계에서 활동하고 활동한 김철호, 김영동, 고 황의종, 최성윤, 고 백혜숙 등이 있다
1966.	국악 중·고등학교 다니던 중, 중학교 2학년 때 국어 시간 김연겸 선생 강의를 듣고 감동하여 시인이 되고자 결심하였다. 시인이 되려면 쓰려고 용영덕 본명에서 용혜원이란 필명을 스스로 만들고 시를 습작하고 쓰기 시작하였다. 용혜원 필명은 그 후 1986년 10월 KBS 아침마당에 출연

	하면서부터 사용하였다. 음악에 소질이 없고 적응 못 하여 고3 때 중퇴하였다.
1970. 10.	국악 고등학교 2학년 가을 노방 전도 나온 김종식 목사 소천(당시 전도사)에게 전도지를 받고 요한복음 3;16에 감동하여 다음 주부터 개봉동 한성 장로교에서 예수그리스도를 믿었다. 이듬해 1971. 5. 세례를 받은 후 예수그리스도를 온전히 신뢰하였다. 이때부터 성경을 읽고 교회에서 혼자 철야 기도하는 날이 많아졌다. 예수그리스도를 영접한 후 삶이 완전히 긍정적인 믿음으로 삶과 꿈이 달라지기 시작했다.
1972. 2.	선인 고등학교 졸업
1972. 3.	성결대학교 입학
1976.	육군 병장으로 제대 성결대학교 신학과 2학년 복학. 아르바이트하며 헌책방을 다니며 옛 시집을 사기 시작하여 오랫동안 만 권의 시집을 모았다. 시인들의 시집을 읽고 시속에서 많은 시인들을 만났다.
1977.	3학년 때 학도 호국단 대대장(학생회장을 했다.)
1978.	이대 다락방 교회에서 문학 세미나 이후 다락방 문학 동인 결성. 대표 간사로 활동하며 매월 정기 모임을 갖고 황금찬 시인, 유경환 시인 등을 초청, 문학 강의를 들었다. 아내를 이 모임에서 만났다.
1978. 11. 11.	아내 이수인 시인과 서울시 구로구 개봉동 한성 장로교회에서 박승준 담임 목사의 주례로 결혼하였다. 아내 이수인 시인은 시집 <누구의 인생이든 비는 내린다> <빛나는 모든 것은 아름답다> <그래서 나는 행복하다> <그대가 있어 행복합니다> 출간
1979. 2. 27.	성결대학교 신학과 졸업. 목회하지 않으려고 인형 가게, 우표 수집 상점, 헌책방, 음식점 등을 하였지만 모두 잘 안 되었다.

1980.	아버지가 '교회로 다시 돌아가라'는 말씀을 듣고 방배동 성산 성결교회(당시 김종식 담임 목사)에서 전도사 활동 시작
1982. 6. 25.	한돌교회 창립 목회 활동 시작
1986. 4. 24.	울산 시온 성결교회에서 개최된 예수교 대한 성결교회 제65차 연차대회에서 목사 안수
1986. 10.	KBS '아침의 광장' 내 마음의 시 옥수수 방영 황금찬 시인 선정
1986.	KBS 아침마당 출신 '내 마음의 시 동인'으로 활동 시작
1986.	서울 극동방송에서 용혜원과 함께하는 새날의 기도, 대전 극동방송에서 '용혜원과 함께하는 아침 편지' 일주일에 한 번씩 방송
1986. 11. 15.	제1시집 <한 그루의 나무를 아무도 숲이라 하지 않는다> 출간
1987. 4. 30.	KBS2 TV 아침의 광장 내 마음의 시 동인지 <시밭> 출간
1988. 6. 15.	제2시집 <사랑이 눈을 뜰 때면> 출간
1988.	동료 목회자들과 삼각산에서 일주일에 한 번씩 철야기도 하고 성경을 읽기 시작하였다. 혼자서 교회에서 40여 일 철야 기도를 자주 하며 살았다. 시 쓰기를 위하여 기도하고 시집 내기를 기도하고 강의하고 다니기를 원하며 기도하였다. 기도한 것은 응답받았다. 1988년부터 10년 이상 서울극동방송에서 새날을 여는 기도, 성경 속의 여자 이야기, 젊은이에게 보내는 편지, 시가 있는 공간 등 방송 대전 극동방송, 제주 극동방송에서 방송활동
1988. 11. 10.	제3시집 <네가 내 가슴에 없는 날은> 출간, 베드로 서원에서 다시 출간되어 베스트셀러
1989. 9. 20.	제4시집 <문 열고 싶은 날> 출간
1990. 5. 25.	제5시집 <가슴에 피어나는> 들풀
1990. 8. 15.	<꿈을 현실로 바꾸는 사람들> 출간

1991. 7. 15.	제6시집 <우리들의 예수> 출간
1991. 7. 20.	제7시집 <계절 없이 피는 사랑> 출간
1991. 12. 10.	제8시집 <오늘 그대에게 하고픈 말> 출간
1992. 3. 5.	기도문 <새날을 여는 기도> 출간
1992. 4. 20.	<낡은 시계에서도 새로운 시간이 울린다> 출간
1992. 5. 15.	<하나님 입장을 바꿔 놓고 생각하세요> 출간
1992. 8. 10.	제9시집 <나사렛 시인 예수> 222편
1992.	문학과 의식 가을호 시인으로 등단. 옥수수, 인생, 이 강물은 이 나라 사람들의 마음 한줄기다 (한강 1) 세 편, 외국 시인의 글을 읽고 시를 3만 편 쓰기로 꿈과 희망을 가졌다. 각종 강의를 평생 만 번 하는 꿈도 가졌다.
1992. 12. 10.	제10시집 <사랑이 그리움뿐이라면> 출간
1993. 3. 10.	수필집 <진실을 보여줄 때가 가장 아름답습니다> 출간
1993. 3. 27.	제11시집 <홀로 새우는 밤> 출간
1993. 4. 30.	제12시집 <네게 묻는다 삶이 무엇이냐고> 출간
1993. 5. 15.	축시집 국민일보사 '행복하여라 사랑하는 이들이여!' '행복하여라! 사랑하는 이들이여! 그대들의 결혼을 축하합니다' 참여
1993. 8. 20.	제13시집 <똥방 동네 사람들> 출간
1993. 11. 10.	제14시집 <네가 내 가슴에 없는 날은 2> 출간
1993. 11. 15.	제15시집 <아담아 너의 현주소는 어디냐> 출간
1993. 11. 15	어린이 기도 시집 <하나님 내 전화 받아주세요> 출간
1994. 1. 30.	축시집 '복되어라 생명의 탄생이여! 그대 나이만큼 붉은 장미를 받칩니다. 당신이 축복받은 날' 참여
1994. 3. 5.	<천국 입장권엔 암표가 없어요> 출간
1994. 4. 20.	<성경 속의 여자 이야기 1, 2> 출간
1994. 5. 10.	제16시집 <하늘만큼 땅만큼 사랑해 주마> 출간
1994. 5. 10.	수필집 <젊음아! 사랑을 딛고 일어서거라> 출간
1994. 9. 9.	제17시집 <그대 곁에 있을 수만 있다면 1> 출간, 출간과

동시에 베스트셀러가 되어 독자들의 사랑을 받았다.

1994. 10. 10.	제18시집 <네가 내 가슴에 없는 날은 3> 출간
1994. 11. 20.	<30초 성공학> 출간
1994. 11. 30.	어린이 기도 시집 <하나님 내 기도 들어주세요> 출간
1994. 10. 10.	제19시집 <그대 곁에 있을 수만 있다면 2> 출간
1995. 5. 6.	제20시집 <그대 곁에 있을 수만 있다면 3> 출간
1995. 8. 10.	<사랑을 가르쳐 주는 말> 출간
1995. 8. 30.	<목사님 내 배꼽 돌려주세요> 출간
1995. 9. 23.	제21시집 <한 잔의 커피가 있는 풍경> 출간
1995. 11. 30.	제22시집 <나사렛 시인 예수 1> 출간
	제23시집 <나사렛 시인 예수 2> 출간
	제24시집 <나사렛 시인 예수 3> 출간
1995. 11. 30.	<샬롬, 친구여 아름다운 사람아!> 출간
1995. 12. 5.	<주여, 기도를 가르쳐 주소서> 출간
1996. 1. 8.	수필집 <내게는 가장 소중한 그대> 출간
1996.	인켈에서 음악이 있는 용혜원 시 512편 '사랑이 그리움뿐이라면' 수록 시간 16시간 30분 CD 발매
1996. 1. 17.	<내게는 가장 소중한 그대> 출간
1996. 2.	김혜수 낭송 '네가 내 가슴에 없는 날은' 도리메 레코드사, 용혜원 시 낭송 CD 1, 2 발매
1996. 3. 15.	<집사님 활짝 웃어보자구요> 출간
1996. 4. 30.	제25시집 <우리는 만나면 왜 그리도 좋을까> 출간
1996. 4. 30.	용혜원의 <사랑의 편지> 출간
1996. 6. 20.	<목사님 내 배꼽 빠지겠어요> 출간
1996. 7. 3.	제26시집 <한 잔의 커피가 있는 풍경 2> 출간
1996. 11. 30.	제27시집 <전화를 보면 그대의 목소리가 듣고 싶다> 출간
1997. 3. 25.	<집사님 정말 못 말려요> 출간
1997. 4. 25.	<꿈과 비전을 펼쳐라> 출간
1997. 5. 20.	제28시집 <그대가 그리워지는 날에는> 출간

1997. 7. 25.	<목사님 내 배꼽 어디 갔어요> 출간
1997. 8. 20.	수필집 <사랑의 표현은 아름답다> 출간
1997. 10. 20.	제29시집 <그때 그 순간 그대로 사랑하고 싶다> 출간
1998. 3. 17.	제30시집 <이 세상에 그대만큼 사랑하고픈 사람 있을까 1> 출간되어 베스트셀러가 되어 독자들의 사랑을 받았다.
1998. 3.	전도연 용혜원 시 낭송 CD 도레미 레코드사 1, 2 발매
1998. 4. 25.	<날마다 설레는 꿈> 발간
1998. 5. 25.	제31시집 <너를 만나러 가는 길> 출간
1998. 6. 25.	<재미있고 흥미로운 성경토막 상식> 출간
1998. 8. 3.	<너를 만나던 날 그리움이 생겼다> 출간
1998. 8. 25.	제32시집 <늘 그립고 보고픈 어머니> 출간
1998. 9. 10.	제33시집 <함께 있으면 좋은 사람 1> 출간, 베스트셀러가 되어 독자들의 사랑을 받았다.
1998. 10. 10.	수필집 <사랑하는 사람아! 가을 빛깔에 물들자> 출간
1998. 11. 23.	제34시집 <아름다운 그대> 출간
1998. 12. 25.	제35시집 <내가 사랑하는 사람아> 출간
1999. 2. 25.	제36시집 <함께 있으면 좋은 사람 2> 출간
1999. 6. 20.	제37시집 <이 세상에 그대만큼 사랑하고픈 사람 있을까 2> 출간
1999. 7. 10.	<행복을 만든 웃음보따리> 출간
1999. 9. 20.	제38시집 <내 가까이 있는 사람> 출간
1999. 11. 10.	제39시집 <함께 있으면 좋은 사람 3> 출간
1999. 12. 20.	제40시집 <묵상 기도 1> 출간
2000. 1. 20.	제41시집 <나는 너만 사랑하고 싶다> 출간
2001. 1. 20.	시선집 <숲속 오솔길> 출간
2000.	한돌교회 후임자에게 물려주고 목회에서 은퇴 시기보다 훨씬 일찍 은퇴하여 시 창작과 강의에 전념하기 시작하였다.
2000. 2. 29.	제42시집 <묵상 기도 2> 출간

2000. 3. 10.	유머 자신감 연구원 설립하여 원장으로 일하며 강의하고 집필하였다. 책을 시집 외에 수필집, 유머집, 명언집, 설교집, 성공학 다양하게 출간하였다.
2000. 4. 20.	<성공이란 물감으로 모든 실패를 지워 버려라> 출간
2000, 7. 10.	시선집 <사랑이 나를 찾아오던 날> 출간
2000. 12. 9.	제43시집 <묵상 기도 3> 출간
2001. 5. 25.	<기쁨을 만드는 웃음보따리> 출간
2001. 7. 2.	기도문 <대표 기도문> 출간
2001. 7. 5.	제44시집 <지금은 사랑하기에 가장 좋은 시절> 출간
2001. 7. 30.	제45시집 <침묵 기도> 출간
2001. 8.	캐나다 일주 부부 여행
2001. 8. 20.	<성공을 만드는 웃음보따리> 출간
2001. 8. 23.	수필집 <삶이란 이름의 아름다운 여행> 출간
2001. 10. 5.	제46시집 <그대를 사랑함보다 더한 행복이 있을까> 출간
2002. 1. 5.	제47시집 <한 잔의 커피와 함께 떠나는 여행> 출간
2002. 1. 15.	<탁월한 언어의 능력> 출간
2002. 2. 5.	제48시집 <내 마음에 머무는 사람> 출간
2002. 4. 15.	제49시집 <마음이 가난한 자의 기도> 출간
2002. 5. 6.	<지금 이 순간 널 사랑하고 싶다> 출간
2002. 5. 20.	한국시 대사전 을지출판공사 출간에 용혜원 시 수록
2002. 7. 25.	<생각 속에도 찾아오시는 예수> 출간
2002. 12. 21.	기도문 <새벽 기도> 출간
2002. 10. 25.	<성공을 부르는 30초 웃음학> 출간
2002. 12. 26.	<묵상 기도 365일> 출간
2002. 12. 16.	<자신 있게 살아라> 출간
2002. 12. 25.	기도문 <부부 기도문> 출간
2003. 1. 2.	제50시집 <둘이 만드는 단 하나의 사랑> 출간
2003. 1. 7.	<지하철 사랑의 편지> 출간
2003. 1. 10.	<내 친구에게 보내는 마음의 편지> 출간

2003. 2. 15.	수필집 <우리 서로 사랑할 수 있다면> 출간
2003. 2. 17.	제51시집 <사랑하는 사람을 위한 기도> 출간
2003. 4. 11.	<성공하는 사람들의 특징> 출간
2003. 6. 25.	제52시집 <내 마음을 읽어주는 사람> 출간
2003. 7. 1.	<칭찬 한마디의 기적> 출간
2003. 7. 30.	용혜원 감성 메시지 <사랑하니까> 출간
2003. 10. 6.	<30초 리더학> 출간
2003. 12. 5.	<아침을 여는 한 줄의 글이 성공을 만든다> 출간
2003. 12. 15.	독자들이 뽑은 명시 모음 여울 미디어 '그대를 사랑한 뒤로는' 참여
2004. 2. 7.	<삶은 희망이다> 출간
2004. 2. 20.	제53시집 <늘 그리운 사람> 출간
2004. 2. 20.	제54시집 <늘 보고픈 사람> 출간
2000. 4. 20.	<성공이란 물감으로 모든 실패를 지워 버려라> 출간
2004. 4. 2.	제55시집 <상처받은 사람들을 위한 기도> 출간
2004. 6. 16.	<유머의 법칙> 출간
2004. 6. 15.	<자신감 만들기> 출간
2004. 7. 12.	제56시집 <너를 만나면 멋지게 살고 싶다> 출간
2004. 11. 5.	축복기도문 <어머니의 기도> 출간
2004. 11. 15.	<세일즈 성공을 위한 유머 감각 만들기> 출간
204. 12. 1	극단 '춘'에서 시와 무용을 결합한 시무극 '그리하여 어느 날 사랑이여!' 올려졌다. 낭송된 시는 어느 날 최승자 외 이해인, 황지우, 조지훈, 김춘수, 신달자, 장석주 시인의 시와 '함께 있으면 좋은 사람' 용혜원의 시가 낭송되었다.
2004. 12. 5.	제57시집 <보고 싶다> 출간
2005. 2. 5.	제58시집 <이 세상에 그대만큼 사랑하고픈 사람 있을까 3> 출간
2005. 5. 5.	<인생을 변화시키는 성공 예화> 출간
2005. 5. 20.	제59시집 <나무가 있는 풍경> 출간

2005. 7. 25.	제61시집 <내 사랑이 참 좋던 날> 출간
2005. 11.10.	<열정 깨우기> 출간
2005. 11. 25.	제62시집 <외로울 때 누군가 곁에 있어 준다면> 출간
2006. 3. 10.	한국경제신문사, 한국강사협회 선정 명강사 제38호 명강사로 선정되어 곳곳에서 강의 요청이 점점 더 많아졌다.
2006. 5. 20.	<기도로 변화된 삶을 살게 하소서> 출간
2006. 6. 11.	제63시집 <사랑한다는 말을 하고 싶을 때> 출간
2006. 7. 10.	시선집 <사랑하니까 괜찮아> '만나면 편한 사람' 참여
2006. 8. 18-23	크로아티아 일주 부부 여행
2006. 11. 17.	제64시집 <그리울수록 사랑이 그립습니다> 출간
2006. 11. 18-21.	미국 뉴욕 YWCA 연합회 강의
2007. 1. 10.	<명언 대사전> 출간
2007. 5. 10.	제65시집 <내 사랑을 찾아가는 길> 출간
2007. 5. 17.	독자들이 가장 좋아하는 용혜원의 시
2007. 5. 28.	<감성 만들기> 출간
2007. 7. 14-17.	IN생명 강사 초청 인도네시아 여행
2007. 12. 3.	<예수 그리스도와 함께하는 하루> 출간
2008. 8. 12-19.	스위스 가족 여행
2008. 10. 20.	시선집 <가을이 남기고 간 이야기> 출간
2008	KBS TV 아침마당 목요 특강에서 '성공을 부르는 유머 열정' '행복한 아버지' 강의
2007. 11. 15.	<성공을 부르는 유머 웃음> 출간
2008. 12. 15.	<용혜원의 성공 노트> 출간
2009.	'행복을 만드는 다섯 가지 끈' 강의 방송. 아침마당 목요 특강 이후 전국으로 기업체, 단체, 시민 강좌 등 강의 활동이 곳곳에서 요청되어 활발하게 다니기 시작하였다. 아침마당 토크쇼에도 다수 출연하였다.
2009. 3. 18.	제66시집 <당신을 기다리고 있습니다> 출간
2009. 8. 3.	제67시집 <용혜원 사랑 시집> 출간

2009. 8. 12-17.   호주 가족 여행

2009. 11. 20.   <성공을 만드는 힘> 출간

2010. 2. 26-28.   홍콩 가족 여행

2010. 4. 5.   <신선한 웃음 하나> 출간

2010. 6. 1.   용혜원 <긍정의 기적> 출간

2010. 9. 18-26.   체코, 헝가리, 오스트리아 가족 여행

2010. 10. 1.   시선집 <용혜원 대표 시 100> 출간

2010. 10. 7.   제68시집 <우리 서로 사랑할 수 있다면> 출간

2010. 11. 18.   <아침을 열어주는 3분 지혜> 출간

2011. 2. 11.   제69시집 <365일 매일 읽는 향기로운 시 한 편> 출간

2011.   대우건설 푸르지오 아파트 TV 광고에 '삶의 아름다운 장면 하나' 방영

2011. 3. 10.   기도문 <회개의 기도> 출간

2011. 4. 22.   <칭찬 한마디의 힘> 출간

2011. 4. 30-5. 8.   동유럽 체코, 오스트리아, 헝가리 가족 여행

2011. 10. 1.   제70시집 <용혜원 고백> 출간

2012. 1. 23-3. 1.   쿠바 일주 부부 여행

2012. 4. 2.   수필집 <삶의 아름다운 장면 하나> 출간

2012. 6. 5.   <성공하려면 상승기류를 타라> 출간

2012. 8. 10.   재능기부 나눔 시선집 1 뜨거운 향기 바람에 떨어내며 '한 잔의 커피'로 참여

2012. 8. 11-15.   중국 황산 가족 여행

2012. 9. 26-10. 5. 영국 일주 부부 여행

2013. 1. 3.   문학과 의식 시동인 1집 <꽃이 핀다> '꿈만 같은 날, 추억 하나쯤은, 나를 만들어 준 것들, 사랑한다는 말을 하고 싶을 때, 멋있게 살아가는 법' 참여

2013. 3. 4.   제71시집 <위드 커피> 출간

2013. 4. 30.   제72시집 <꿈만 같은 날> 출간

2013. 10. 21.   제73시집 시선집 <진정으로 행복하다는 것은> 출간,

'가을 이야기'와 6편 참여

2013. 12. 12.	문학과 의식 시동인 2집 <바람 난 시 얼굴 찾기> '일출, 일몰, 나이가 들어간다는 것은, 헤어진다는 것은' 참여
2012. 8. 9-17.	북유럽 덴마크, 스웨덴, 노르웨이 부부 여행
2014. 1. 24-31.	이탈리아 일주 부부 여행
2014. 2.	인사 교육 전문지 월간 현대 경영 기업 교육 명강사 30인에 선정
2014. 2. 1-5.	베트남 여행
2014. 4. 15.	제74시집 <내가 가장 사랑하고픈 그대> 출간
2014. 8. 1-10.	프랑스 일주 부부 여행
2014. 9. 20.	시선집 <용혜원의 그대에게 주고 싶은 나의 시> 출간
2014. 11. 28.	<꾸뻬씨의 다이어리> 출간
2014. 12. 29.	시선집 <용혜원 대표 명시> 출간
2014. 12. 25-2015. 1. 14.	남미 일주 부부 여행
2015. 1. 21.	문학과 의식 시동인 3집 시간의 틈 '아름답게 산다는 것은, 죽음이라는 작별, 봄길을 걸어갑시다 1, 2, 3' 참여
2015.	MBN TV '황금알' 토크쇼에 다수 출연
2015. 3. 10.	한국교회 절기 시사전 참여
2015. 7. 23-31.	독일 일주 부부 여행
2015. 9. 15.	시선집 <내 마음에 새겨놓은 시> 출간
2015. 9. 26-10. 4.	터키 일주 부부 여행
2015. 11. 5.	명시 산책 시와 함께 걷는 세상 '황혼까지 아름다운 세상' 참여
2015. 12. 2.	경찰대학에서 명예 경감으로 위촉
2015. 12. 28-2016. 1. 11.	아프리카 일주 부부 여행
2016.	한국멘토협회에서 2016년 멘토로 위촉
2016.	신용협동조합 극장 광고에 시 '봄날에' 등 방영
2016. 2. 5.	제75시집 <단 한 번만이라도 멋지게 사랑하라> 출간
2016. 2. 25-3. 2.	발트 3국 에스토니아, 리투아니아, 라트비아 부부 여행

2016. 5.	제3회 한국 약사 문학상 심사위원
2016. 6. 10.	국무총리 초청 힐링 지도자 초대 오찬 참석
2016. 7. 7.	제76시집 <1000편의 시로 쓴 예수 그리스도의 생애> 출간
2016. 8. 14-16.	일본 나가사키 부부 여행
2016. 9. 9-18.	미국 동부 부부 여행
2016. 8. 22.	제77시집 <당신을 사랑합니다> 출간
2016. 12. 30.	제78-80시집 <여행길 따라 찾아온 시> 출간
2017. 1. 27-2. 4.	미국 서부 부부 여행
2017.	EBS 정애리 시 콘서트 월말마다 고정 출연 방송
2017. 5. 1-8.	스페인 일주 부부 여행
2017. 5. 25.	제81시집 <고독을 읽고 싶은 날> 출간
2017. 6. 20.	제82시집 <날마다 기도하며 살게 하소서> 출간
2017. 8. 2-15.	러시아 부부 여행
2017. 11. 20.	'너무 멀리까지는 가지 말아라 사랑아' 미래 타임즈, 나태주, 용혜원, 이정하 삼인 시집에 참여
2018. 4. 27-5. 1.	일본 일주 여행
2018. 7. 13.	<남의 말과 상식에 휘둘리지 않고 유쾌하게 살아가는 법> 출간
2018. 8. 10-18.	그리스 일주 부부 여행
2018. 10. 28-12. 2.	인도 부부 여행
2018.	서울 교통방송 '문학 인 서울' 매수 수요일 방송
2018. 5. 11.	제83-84시집 <용혜원 짧은 시 2000편> 출간
2018. 2. 17-19.	일본 가족 여행
2018. 6. 29.-7. 2.	베트남 부부 여행
2018. 9. 13.	제85시집 <우리 만나서 커피 한잔 합시다> 출간
2018. 10. 30.	제86시집 <삶에서 가장 행복한 날> 출간
2018. 4. 2.	제87시집 <삶, 우리가 만들어 가는 이야기> 출간
2018. 12. 28-2019. 1. 3.	뉴질랜드 호주 부부 여행
2019.	서울 교통방송 '용혜원 시선' 매주 수요일 방송

2019. 4. 15.	제88시집 <기도문 1000편 항상 주를 찾고 기도하게 하소서> 출간
2019. 8. 16.	제89-90시집 <시를 찾아 떠나는 여행> 출간
2020. 1. 7-14.	모로코 일주 부부 여행
2020. 5. 1.	<1. 동시집 아이들아 동시 만나러 가자> <2. 아이들아 동시 함께 읽자> 출간
2020. 5. 6.	시선집 <그래 살자 살아보자> 출간
2020. 10. 20.	제91시집 <너는 나의 희망이다> 출간
2020. 2. 5.	들풀 문학 동인시집 <들풀 꽃이 피다> 초대시로 참여 '풀벌레'
2020. 3. 3.	제92시집 <봄의 얼굴> 출간
2020. 4. 15.	명시선집 <당신이 그리운 건 내게서 조금 멀리 떨어져 있기 때문입니다> 출간, '사랑은 시작할 때가' 참여
2020. 5. 30.	창조문예시선 9 '사랑은 저렇듯 끝이 없어라' 한국 기독교 문인협회 편 '우리는 작은 사랑도 행복하다' 참여
2012. 1. 28.	창조문예산문선 1 '다시 더 사랑하'기 한국 기독교 문인협회 편 '내 마음을 읽어주는 사람' 참여
2021. 4. 12.	제93시집 <시를 쓰기 위한 짧은 연상 3000> 출간
2022. 1. 31.	시선집 <처음 사랑으로 너에게>
2002. 4. 20.	예성문학회 제1집 동인지 <그의 음성 들으며> '짐, 달의 숨바꼭질' 등 20편 참여
2022. 5. 2.	제94시집 <나는 가끔 광대처럼 살고 싶다> 출간
2022. 5. 11.	속삭이는 사람들 동인지 초대시 '별'로 참여
2022. 7. 20.	제95시집 <시로 피어난 야생화> 출간
2023. 5. 22.	제96시집 <사람 사는 이야기> 출간
2023, 6. 22.	고대하다 연연하다 성찰하다 한국 대표시인 54인 선집 베스트 번역시에 '봄소식' 수록
2023.	<용혜원 대표시 100>이 러시아어로 <사랑>이란 시집으로 김혜란 교수가 번역 출간

2023. 10. 19-22.	제주도 가족 여행
2023. 10.	라포엠 첫 앨범 시 '그대 달려오라' 성악가들의 노래로 작곡되어 발표
2023. 10. 25.	제97시집 <고독도 꽃이 핀다> 출간
2023. 12. 10.	예성 문학회 2집 <시 속으로 동행하는 길> 출간
2023. 12. 30.	주식회사 에스오일 벽에 시 '시월' '올해는 일한 기쁨이 수북이 쌓이고 가슴에 사랑이란 별 하나 떨어졌으면 좋겠다' 외벽 현수막에 전시
2024. 2. 24.	시선집 <황혼까지 아름다운 사랑> 출간
2024. 3. 3.	<용혜원 시인의 시작법> 출간
2024. 3. 28-4. 1.	일본 동경 가족 오사카 여행
2024. 4. 25.	수필집 <세상아 내가 여기 있다 나를 써라> 출간
2024. 5. 30.	치유 시선집 <괜찮아 꽃은 다시 피어> 출간
2024. 6. 28.	제98시집 <응답받는 기도> 기도시집 출간
2024. 9. 9-25.	포르투갈 트레킹 부부 여행
2024. 9. 30.	<에피소드 잡학 사전> 출간
2024. 10. 26.	제99시집 <내 인생 최고의 날> 출간
2024. 현재	218권 저서 출간. 한국 문인협회 회원, 한국 기독교 문인협회 이사, 한국 강사협회회원, 유머 자신감 연구원 원장으로 집필과 강의 활동을 계속하고 있다.
2025. 3. 15.	제100번째 시집 <봄비를 좋아하십니까> 출간

봄비를 좋아하십니까

봄비가 내리면 온 세상에 새싹이 돋고
봄꽃이 피어나
봄의 축제가 열리기 시작합니다

봄비를 좋아하십니까

봄비가 내리면 겨우내 추위에 떨었던
나무들이 기지개를 켜고 기운을 차리고
씩씩하게 자라나 산마다 초록 옷을 갈아 입습니다